欧美当代经典文库

金河王

[英] 约翰·罗斯金 / 著

[美] 弗朗西丝·布伦戴奇 等 / 绘

肖　毛 / 译

河北出版传媒集团　　河北少年儿童出版社

图书在版编目（CIP）数据

金河王 / (英) 罗斯金 (Ruskin,J.) 著；(美) 布
伦戴奇等绘；肖毛译. -- 石家庄：河北少年儿童出版
社，2015.6
　（欧美当代经典文库）
　ISBN 978-7-5376-6009-9

　Ⅰ.①金… Ⅱ.①罗… ②布… ③肖… Ⅲ.①童话—
英国—近代 Ⅳ.①I561.88

中国版本图书馆CIP数据核字(2013)第085541号

欧美当代经典文库　　金河王

著　　者　[英]约翰·罗斯金
绘　　者　[美]弗朗西丝·布伦戴奇 等
译　　者　肖　毛
策划监制　敖　德
责任编辑　闫韶瑜
特约编辑　火棘果子　徐岱楠　李困困
出　　版　河北出版传媒集团　河北少年儿童出版社
地　　址　河北省石家庄市中华南大街172号　　050051
印　　刷　北京盛通印刷股份有限公司
发　　行　全国新华书店
开　　本　880毫米×1230毫米　1 / 32
印　　张　5
版　　次　2015年9月第1版
印　　次　2015年9月第1次印刷
印　　数　1-8000
书　　号　ISBN 978-7-5376-6009-9
定　　价　16.00元

序

刘绪源

　　这套"欧美当代经典文库"规模相当大，共有五十来种。时间跨度也不小，几位十九世纪末出生的作者也被收入囊中——可见这里的"当代"是用以区别于"古代"的概念，它包含了通常意义上的"近代"和"现代"。这样一套书的启动与陆续出版，是一件令人兴奋的事。将近二十年前，在我的理论书稿《儿童文学的三大母题》付印出版的时候，就曾暗想，如果有一套内容丰富多彩的世界儿童文学的翻译作品集能同时问世，如果读者在读这本理论书时，可以不断从译作中找到相关的作品及体验，那该有多好！当时这话是不敢和人说的，因为拙著还没受到读者和时间的检验，是否站得住脚，实在毫无把握。现在，虽然书已印了三版，但仍须接受读者和时间的检

1

验，仍不敢肯定它是否站得住脚，而我还是渴望有一套大型翻译作品集可与之对读。不是说要用作品来证明自己理论的正确，而是可以通过这样的书引发更多读者、研究者和爱好者的共同思考。这样思考的结果，可能恰恰证明了拙著的不正确或不严密，而这更为喜人——这不就使理论得到突破，使认识得到了推进吗？中国从来就有"左图右史"之说，这可指图与史的对读，也可引申为形象思维与逻辑思维的互补，阅读作品与理论思考的互参。所以，借此重提我的一些粗浅的思考，无非就是抛砖引玉的意思。

在《儿童文学的三大母题》中，我把儿童文学大致分为"爱的母题""顽童的母题"与"自然的母题"，这样就可发现，各个种类的、差异极大的儿童文学作品，其实是同样合乎法则的，它们会从不同角度帮助不同年龄的儿童获取审美感受，体验世界和人生，并得到文学的乐趣。而此前，我们的眼光是非常局限的，不习惯于将各类作品尽收眼底，因而常有人理直气壮地排斥一些自己所不熟悉的创作。这里，"爱的母题"体现了成人对儿童的视角，"顽童的母题"体现了儿童对成人的视角，"自然的母题"则是儿童与成人共同的面向无限广阔的大自然的视角。在"爱的母题"中又分出"母爱型"与"父爱型"两类，前者是指那些对于幼儿的温馨的爱的传递，如《白雪公主》《睡美人》《小红帽》等早期童话都属此类，从这里找不到多少教育性，甚至故事编得也不严密，但世代流传，广受欢迎，各国的母亲和儿童都喜欢；后者则是指那些相对较为严肃的儿童文学，它们要帮助孩子逐步认识体验真实的世界和严峻的人生，所谓"教育性"更多地体现在这类作品中。但真正好的"父爱型"作品也必须是审美的，它们让儿童在审美中自然地引发对自己人生的思考，而不应有说教的成分——它们仍应像上好的水果，而不应像治病的药。

我欣喜地看到，在这套大书中，"三大母题"都有丰满的体现。一眼望去，满目灿烂，应接不暇。这里既有《小熊温尼·菩》《蜜蜂玛雅历险记》《小袋鼠和他的朋友们》等"母爱型"作品；也有《野丫头凯蒂》《疯狂麦基》《老人与海》等"父爱型"作品；更有《马戏小子》《傻瓜城》等"顽童型"作品，还有《狗狗日记》等合乎"自然母题"的佳作。有些作品可以说是不同母题的结合。如翻译家李士勋先生新译的《魑蝠小子》四部曲，细致生动地刻画了吸血蝙蝠的特性，却又加入了合理地改造这种动物的构思和设

3

想，这就在"自然的母题"基础上添入了"母爱型"的内容，使其具有了一点儿近乎"科幻"的成分，这是很有趣的文学现象。细读这套书中的各类作品，一定会有更多更新鲜的发现。这是很令人期待的。

这套书让人百读不厌，它们既吸引尚不识字的幼童，也会使八十岁的老人为之着迷。刚刚译毕的德国作家邦瑟尔斯的《蜜蜂玛雅历险记》，初版于1912年，距今已一百多年了，在德国和世界各地，三岁的孩子入睡前常会要父母给他们念一段这个小蜜蜂的故事，可是据熟悉此书的朋友介绍，爱读这本童话的成年人，一点儿不比儿童少。曾获诺贝尔文学奖的海明威的《老人与海》，本来不是给孩子写的，现在奉献给少年读者，同样非常合适。这说明了什么？我以为，这恰好证明了一点：真正第一流的儿童文学，应该是儿童喜欢，成人也喜欢的；它们在儿童文学里是一流精品，拿到成人文学里去比一下，毫无疑问，应该还是一流！如果一部作品孩子看着喜欢，成人一看就觉得虚假造作粗劣无趣，它的价值就十分可疑。同样，一部作品在儿童文学领域听到了一点儿好话，拿到成人文学中去一比就显得水平低下，如还要说这是精品，就很难服人。当然这里要排除成人的一些偏见，比如儿童书一定要"有用",要能马上帮助孩子改正缺点,等等,就都属于不合理的要求。排除了这些久已有之的偏见,成人的艺术修养、审美能力、辨别能力等,肯定都在孩子之上。所以请成人在替孩子买书时自己也读一读,这也有益于成人和孩子间的交流。本丛书中的大部分作品,正是那种孩子喜欢、成人也喜欢的精品。

还有一点需要补说的,是为什么在完成《儿童文学的三大母题》时,我想到的可与之对读的是一套优秀翻译作品集,而不是一套中国原创作品集。那是因为,当年(20世纪90年代初)中国作家的儿童文学创作,还不足以证明儿童文学的确存在这样三大母题,它们应具有同样的合法性。如前所说,那时强调更多的恰恰还是"有用",即有"教育意义"——这些作品中的佼佼者或可归入"父爱型"的母题中去,但儿童文学怎能只有这半个母题?这不太单调了吗?所以我才会投入这样的研究。我研究中所参照的,正是全世界的我所能看到的最好的儿童文学。现在,中国儿童文学已有长足的发展,但阅读和参照最优秀的世界儿童文学精品,仍是我们的必修课,并且是终身必修的美好课程。对于儿童读者来说,大量的优秀译作更是他们所渴望和急需的。现在评论界和出版界似有一种倾向，即为保护和推动国内作家的创作，总想能限制一下对外国作品的引进，以便将地盘留给本土作品。我以为这是很没志气的想法。当年鲁迅先生极端重视翻译，他甚至认为翻译比创作还重要，他把好的译者比作古希腊神话中为人类"窃火"的普罗米修斯，有了火种，人类才会发展到今天。这一比喻在儿童文学界也同样适用。举例而言，20世纪70年代末，如没有任溶溶先生一气译出八种林格伦的"顽童型"作品（包括《长袜子皮皮》《小飞人》等），中国儿童文学会那么快地发展到今天吗？所以，到了今天，我们的儿童文学创作仍需向世界一流作品看齐，我们的佳作还不够多，问题仍然不少，因此，鲁迅的比喻仍没过时。现在我们常说的"三个代表"中，有一个代表指的是"代表先进文化"，世界最优秀的儿童文学就是先进文化，只有在这样的文化充分引进之后，本土文化与这样的文化有了充分的交融和碰撞，本土文化才会得以提升并具有同样的先进性。如把先进文化关在门外，以此保护本土文化，那本土文化就不可能发展。所以，为了中国一代一代的孩子，也为了中国儿童文学的今天和明天，必须有更多的翻译家和出版家，把眼光投向最好的儿童文学，不管它们出自哪个国度，我们都应尽快地"拿来"。我愿把最美的花朵献给这样的翻译家和出版家们！

2013年4月28日写于北京远望楼

目　录

金 河 王
（又名：黑兄弟）

—— 一个斯蒂里亚的传说

[英] 约翰·罗斯金/著

[美] 弗朗西丝·布伦戴奇/绘

《金河王》的出版者启事[1]

出版者认为，为了这篇童话的作者的缘故，读者应当知道这篇童话的来历。

《金河王》是作者在1841年时，应一位非常年轻的小姐的要求而作。作者创作《金河王》的初衷，只是为了使这位小姐愉悦，完全没有考虑过将它出版的问题。从那以后，这个童话的手稿保存在作者的一个朋友手中，通过这位朋友的建议与作者的默许，出版者才荣幸地得到了将其付印的机会。

全书的插图由理查德·道尔先生创作[2]，我们希望，这些具有独特艺术风格的插图，能够体现出作者的思想。

---

[1] 这篇启事收于英国伦敦老史密斯出版公司1851年初版的《金河王》，但后来出版的其他版本，如美国波士顿吉恩出版公司1885年出版的《金河王》中，也曾予以收入。

[2] 指初版插图。本书选用的是弗朗西丝·布伦戴奇创作的插图，在译后记中有详尽的介绍和说明。

第一章　西南风先生怎样 扰乱了黑兄弟的农耕生活

从前，在斯蒂里亚①的僻静山区，有一个最令人惊奇的山谷。山谷之中，草木繁茂，土地肥沃；山谷周围，群山耸峙，山石嶙峋。山顶终年积雪，许多滔滔的急流，由此奔腾而下，化为条条连绵不绝的瀑布。其中有一条瀑布，从峭壁的表面向西流去。这个峭壁非常高，在太阳落山时，别处都见不到阳光，下面也是漆黑一片，这条瀑布却依然沐浴着余晖，看起来好像流动的黄金之雨。所以，附近的人们都把它叫作金河。奇怪的是，

---

① 斯蒂里亚（Stiria）：奥地利东南方的一个州，首府为格拉茨。

所有的溪流都不注入这个山谷，而是流向山的另一边，蜿蜒地经过宽阔的平原和人口稠密的城市。可是，云朵总是飘荡到雪山之上，在圆形的山谷中静静地休息。在天气干旱和炎热的时节，附近地区全都被晒得火辣辣的，这个小山谷里却还有雨水。在这里，庄稼收成极好，干草堆积如山，苹果红似烈火，葡萄灿若紫霞，果酒味道醇美，蜂蜜甘甜可口。每个看到它的人，都觉得它是一个奇迹。所以，人们通常把它称为宝谷。

这个小山谷，完全属于三个兄弟，他们的名字叫作施瓦茨、汉斯和格拉克②。施瓦茨和汉斯是老大和老二，长得特别难看，无神的小眼睛，总是在突出的眉毛下面眯缝着，你无法看透它们，它们却可以一直看到你的内心深处。施瓦茨和汉斯，都是精明的农场主，以在宝谷中耕种为生。凡是来宝谷白吃白喝的动物，统统被他们杀得干干净净：他们枪杀乌鸫，因为它们啄食水果；他们杀害刺猬，免得它们偷喝牛奶；他们毒杀蟋蟀，因为它们在厨房里吃面包屑；他们闷死知了，因为它们整个夏天都在椴树上聒噪不已。他们白白地使用雇工，等到这些人不想再干了，就会被他们连喊带骂地赶出门去，

---

② 施瓦茨、汉斯和格拉克：在德语中，施瓦茨（Schwartz）的意思是"黑"。格拉克（Gluck），在德语中应该写作 Glück，意思是"幸运"或者"幸福"。

施瓦茨和汉斯是老大和老二，长得特别难看。

连一分工钱都拿不到。有了这样的农田和这样的致富之道，他们要是没有变成富翁，那倒是不可思议的怪事哩。所以说，他们确实都成了富翁。他们常常煞费苦心地贮藏粮食，等到它们变得非常昂贵时，再用比市价高两倍的价钱卖掉。他们的地板上到处堆放着金子，他们却从不肯向穷人施舍一分钱或一片面包皮。他们从不去做弥撒，时刻都在抱怨着交纳什一税③的规定。总之，他们的性情非常暴戾。所以，与他们有过交往的人，给他们起了一个外号："黑兄弟"。

---

③ 什一税（tithe）：欧洲基督教会向居民征收的一种宗教捐税。公元六世纪，教会利用《圣经》中有所谓农牧产品的十分之一"属于上帝"的说法，开始征收什一税。西欧大多数国家直到十八、十九世纪才先后废除什一税，英国则一直征收到1936年。

    与人们能够想到或猜到的情况相反，他们的小弟弟格拉克，无论外表还是性格，都与两个哥哥截然不同。他只有十二岁，长着金色的头发，蓝蓝的眼睛，对所有的生物都非常仁慈。他当然跟他们性情不合，更确切地说，是他们跟他性情不合。在准备吃烤肉时，他通常负责旋转烤肉叉的工作。但是，他们很少吃烤肉。真的，说句公道话，他们不但对别人吝啬，对自己也几乎同样如此呢。格拉克经常擦鞋子和地板，有时要去洗盘子，两个哥哥却以偶尔留下的剩饭作为对他的赏赐，以毒打作为对他的教育。

　　情况一直这样下去，许久都不曾改变。最后，一个淫雨霏霏的夏季来临了，附近地区的所有事情都出了问题：干草刚刚收进来，就成堆地被洪水冲进大海；葡萄藤被冰雹打得四分五裂；谷物因患了黑枯病而统统死去。只有宝谷才依然如故，平安无事。别处大旱

望云，这里却天降甘霖；别处大雨倾盆，这里却阳光普照。每个来农场购买粮食的人，在离开时都会不停地咒骂黑兄弟。他们想要什么就会得到什么，却无法搜刮穷人，因为那些人两手空空，只能乞讨。有几个穷人，饿死在他们的家门口，他们却视而不见，毫不关心。

　　冬天迫近的时候，天气变得非常寒冷。一天，两

个哥哥要去办事，在出门前照例提醒小格拉克，让他留在家里烤肉，不许任何人进来，也不要把任何东西送给别人。格拉克坐在紧挨着炉火的地方，因为外面在下大雨，厨房的墙壁变得湿漉漉的，看起来令人不快。他不停地转动着烤肉叉，把肉烤得非常好，使它变成了棕色的。"多么遗憾呀，"格拉克想，"我的两个哥哥从不请人吃饭。我相信，只有他们才会有这么好的羊肉，别人却连干面包都吃不上呢。要是找个人和他们一起吃，他们准会感到开心的。"

就在他说话的时候，外面传来了两下敲门声，声音很沉闷，好像门环被系住了似的——听起来更像风

吹声，而不像敲门声。

"一定是风，"格拉克说，"谁也不敢在我家的大门上连敲两下呀。"

不，不是风。敲门声又响了起来，声音非常大。使他特别惊讶的是，敲门人似乎挺着急的，丝毫都不害怕这件事的后果。格拉克走到窗前，打开窗户，伸出脑袋，想看看是谁在敲门。

格拉克还从没有见过长得这么古怪的小老头儿呢。他的鼻子大大的，带有淡淡的黄铜色。他的脸颊又圆又红，假如说他把难以燃烧的火连续吹了四十八钟头，也会有人相信的。他的睫毛细长而又光滑，眼睛兴奋地闪闪放光。他的嘴巴两边的小胡子都拧了两道卷儿，仿佛两个用来拔软木塞的螺丝起子。他的头发黑白相间，颜色奇特，披散在肩膀之上。他的身高大约有四点六英尺（1英尺约为0.3米），戴着几乎与他一般高的圆锥形尖帽子，帽子上插着约有三英尺长的黑羽毛。他的紧身上衣特别长，一直拖到背后，看来有点儿像如今所说的"燕尾服"，但上衣的大部分都被鼓起的斗篷皱褶遮住了。他的斗篷又大又黑，表面泛着光泽，在平静无风的天气里，它准会长得拖到地面，在这座老房子周围呼啸的大风，却使它从他的肩膀上完全飘到空中，看起来几乎有他的身长的四倍哩。

格拉克被客人的奇特外表完全惊呆了，仍然默默地站在原地。于是，这个小老头儿又在门环上演奏了一回更加铿锵有力的"敲门协奏曲"，然后转过头去，望着随风飘飞的斗篷。这时，小老头儿看见了格拉克。他的生着金发的小脑袋，悬在窗户之外，露出瞠目结舌的样子。

"喂！"小老头儿大喊，"我在敲门呢，你怎么能不理不睬呢？我被淋湿了，让我进去吧。"

真的，小老头儿确实被淋湿了。帽子上的羽毛，垂落到他的双腿之间，仿佛吃了败仗的小狗的尾巴，又像不断滴水的雨伞。雨水从他的小胡子两端流进背心的口袋，然后又流淌出去，好像推动磨坊水轮的急流。

"喂！"小老头儿大喊，"我在敲门呢，你怎么能不理不睬呢？我被淋湿了，让我进去吧。"

"对不起，先生，"格拉克说，"真是对不起。可是，我真的不能。"

"不能什么呀？"小老头儿问。

"我不能让你进来，先生——我真的不能。就算只是在心里想到这种事，我的两个哥哥也会把我打死的，先生。你想要什么呢，先生？"

"想要什么？"小老头儿急躁地说，"我想要烤火和避雨。你的炉火多旺呀，烧得噼里啪啦的，火光正在墙上跳舞哩，却没有人进去烤火。嘿，让我进去吧，我只想暖暖身子。"

这时候，格拉克的脑袋在窗外停留了很久，已经开始感觉到，天气确实冷得令人难受。他转回头，看见美丽的火焰熊熊燃烧着，发出窸窣的声响；又亮又长的火舌，朝着烟囱伸展过去，仿佛羊腿的美味令它馋涎欲滴似的。他的心软了下来，不愿意让炉火白白烧尽。"他确实已经湿透了，"小格拉克自语，"我只让他进来一刻钟吧。"他走到门口，打开大门。在小老头儿走进去的时候，一阵风吹进房子里，把旧烟囱吹得摇晃起来。

"这才是好孩子呢，"小老头儿说，"不用害怕你的两个哥哥，我会跟他们说清楚的。"

　　"先生，请不要这样做，"格拉克说，"我不能让你等到他们回来，他们会打死我的。"

　　"哎呀，"老头儿说，"我真的不愿意听到这种话。我能在这里逗留多久呢？"

　　"只能到羊肉烤好了的时候，先生，"格拉克回答说，"它已经烤得很黄了。"

　　于是，小老头儿走进厨房，坐在炉旁的铁架上，把帽子尖儿塞进烟囱里，因为它比屋顶要高得多。

　　"在这里，你的衣服很快就会烤干的，先生。"格拉克说着，又坐下来，转动羊肉。可是，小老头儿的衣服并没有烤干，而是滴滴答答地往炉渣之中滴水，火苗嘶嘶作响，然后发出噼啪声，开始变得抑郁寡欢，局促不安。格拉克还从没见过这样的斗篷呢，它的每个皱褶都跟一条排水沟似的，不断地流着水。

雨水在地板上漫延着，汇成几条水银般的长河，格拉克对它们观察了一刻钟。"对不起，先生，"格拉克最后说，"我把你的斗篷脱下来吧，好不好？"

"不用了，谢谢你。"小老头儿说。

"你的帽子呢，先生？"

"这样戴着就行了，谢谢你。"小老头儿有点儿不高兴地说。

"可是……先生……很抱歉，"格拉克犹犹豫豫地说，"可是……真的，先生……你……要把炉火浇灭了。"

"那么，羊肉就可以烤得更久了。"客人冷淡地回答。

格拉克实在搞不懂这位客人的态度，因为他既冷淡又谦恭，两种态度奇怪地混在一起。他转过脸沉思起来，朝着那串羊肉看了五分钟。

"羊肉看起来很不错嘛，"小老头儿最后说，"你能不能给我吃一点儿呢？"

"不能，先生。"格拉克说。

"我太饿了，"小老头儿继续说，"我昨天和今天都没有吃东西呢。要是膝关节的肉少了一点儿，他们肯定看不出来的！"

小老头儿的声音听起来非常悲哀，彻底打动了格拉克的心肠。"他们今天答应过，可以给我一薄片羊肉，先生，"他说，"我只能给你那么多，一点儿也不能再多了。"

"这才是好孩子呢。"小老头儿又说。

于是，格拉克把盘子在火上热了热，又磨了磨刀子。"就算真的为这件事挨打，我也不会在乎的。"他想。就在他切下一大片羊肉时，外面传来了惊人的敲门声。小老头儿跳下铁架，好像它突然变得热过了头似的。格拉克又把那片肉放回原位，尽量使羊肉显得完整，然后跑着去开门。

"你为什么让我们在雨里等这么久呢？"施瓦茨边说边走，用雨伞去打格拉克的脸。

"是呀！说真的，为什么呢，你这个小无赖？"汉斯说着，扇了格拉克一记具有教训意味的耳光，准备跟着大哥进厨房。

"我的天哪！"在打开厨房门时，施瓦茨说。

"阿门。"小老头儿说。他已经摘下帽子，站在厨房的中间，正在以最快的速度鞠躬呢。

"他是谁呀？"施瓦茨说着，绰起擀面棍，恶狠狠地转向格拉克。

"我真的不知道，哥哥。"格拉克非常害怕地说。

"他是怎么进来的呢？"施瓦茨大吼。

"我亲爱的哥哥呀，"格拉克恳求说，"他完全湿透了！"

擀面棍快要打到格拉克的脑袋了，但就在这一刹那，小老头儿用圆锥形的帽子挡住了擀面棍。乒！在

响亮的撞击声中，帽子上的雨水被震落下来，洒遍了整个房间。最奇怪的是，擀面棍刚刚碰到帽子，就从施瓦茨的手里飞了出去，仿佛大风中的稻草，转了几个圈儿，落到房间远处的角落里。

"你是谁，先生？"施瓦茨问，转向小老头儿。

"你是干什么的？"汉斯气急败坏地说。

"我是一个穷老头儿，先生，"小老头儿彬彬有礼地说，"我从窗外看到你家的炉火，就请求进来躲避一刻钟的雨。"

"那么就请你再走出去吧，"施瓦茨说，"厨房里的水已经够多了，我们可不想把它变成晾衣间。"

"先生，天气这么冷，不应该把一个老头儿赶出去呀。你瞧瞧我的白头发吧。"他的头发仍然披散在肩膀上，如同我在前面说的那样。

"我当然瞧见了！"汉斯说，"这些白头发就足以使你暖和起来呢。走吧！"

"我饿极了，先生。在我走之前，你能不能送给我一点儿面包呢？"

"你想要面包？真是白日做梦！"施瓦茨说，"你以为，我们的面包是捡来的吗，只能送给你这个红鼻子？"

"你为什么不把那根羽毛卖掉呢？"汉斯嘲笑说，"滚出去！"

"我只要一点点。"小老头儿说。

"滚开！"施瓦茨说。

"求求你们了，两位先生。"

"滚开，该死的老家伙！"汉斯大叫着，抓住小老头儿的衣领。可是，他刚一碰到小老头儿的衣领，就去追赶那根擀面棍了。他不断地转着圈子，最后跌倒在角落里的擀面棍之上。施瓦茨怒气冲冲地跑过去，想要赶走小老头儿，但他的下场也是如此，刚一碰到小老头儿，就去跟汉斯和擀面棍做伴了。他摔倒在角

落里，脑袋撞到墙上。所以，他们三个都躺在那里——难兄难弟与一根擀面棍。

然后，小老头儿朝着相反的方向，飞速地自转起来。他一直旋转着，等到长长的斗篷把身体完全裹住，才匆忙地戴上帽子（他的帽子是歪着戴的，要想把它竖着戴，除非把天花板穿个窟窿），又捻了捻有如螺丝起子的小胡子，非常冷静地回答说："先生们，祝你们早安。今晚十二点钟，我会再次来访的。既然我刚才遭受了这样无情的对待，假如那是我最后的访问，你们也许不会感到奇怪吧。"

"要是我再次在这里看到你……"施瓦茨嘀咕着，有点儿害怕地从角落里走出来。可是，他还没有把这句话讲完，小老头儿已经走出去，砰地关闭了大门。与此同时，一朵参差不齐的白云掠过窗前，沿着山谷飞旋和翻滚着，变出各种形状，在空中来回翻转，最终化为一阵疾雨。

"你真是做了一件大好事呀，格拉克先生！"施瓦茨说，"把羊肉装到盘子里，先生。要是我再看见你做这种傻事……我的天哪，哎呀呀，羊肉已经切开了！"

"哥哥，要知道，你答应过给我一片的。"格拉克说。

"啊！你是趁热切的。我猜，你想把肉汁全都带走

21

吧。我要等到很久以后，才会再次允许你吃这样的东西呢。离开这个房间吧，先生。请你去煤窑里等着，除非我叫你出来。"

格拉克离开了房间，心里非常难过。两个兄弟尽情地吃了一顿羊肉，把吃剩的锁进碗橱里，又在饭后喝得醉醺醺的。

那是一个怎样的夜晚呀！暴风和骤雨，始终不曾停歇。在睡觉之前，两个兄弟全都迷迷糊糊的，只知道关闭所有的百叶窗，给大门加上两道门闩。他们通常在同一个房间里睡觉。在时钟敲过十二下之后，他们都被可怕的撞击声惊醒了。他们的大门突然被撞开，整个房子都震动得上下摇晃起来。

"这是怎么回事呀？"施瓦茨大叫，猛地从床上坐

起来。

"我来了。"小老头儿说。

两个兄弟坐在长枕上，往黑暗中看去。房间里到处都是水，借着从百叶窗的孔眼里钻进来的淡淡月光，他们能够看见，在房间的中央，有一个来回旋转的大泡沫球，鱼漂般地上下浮动着。小老头儿戴着帽子，仍然穿着那身衣服，坐在泡沫球之上，仿佛它是非常舒适的坐垫。他的帽子是竖着戴的，因为现在屋顶已经掀去了，给它腾出了足够的空间。

"很抱歉，打扰你们了，"客人嘲讽地说，"你们的床铺，恐怕有点儿湿了。也许你们应该躲到你们的小弟弟的房间里，我没有拿掉他那边的天花板。"

他们不需要再听第二次劝告，立刻冲进格拉克的房间，因为他们的全身都已湿透，又被小老头儿吓破了胆子。

"在厨房的桌子上，你们可以找到我的名片，"小老头儿在他们的身后大喊，"记住，这是我最后的访问。"

"上帝保佑，但愿如此！"施瓦茨哆哆嗦嗦地说。这时，那个泡沫球消失了。

黎明终于到来了。早晨，两兄弟站在格拉克的房间里，从小窗内往外看去。宝谷面目全非，已经化为

废墟。洪水卷走了树木、庄稼和牲畜，只留下一片红沙和灰泥。两个兄弟惊恐万状，哆哆嗦嗦地走进厨房。一楼完全被洪水冲毁了，粮食、金钱，几乎每件可以移动的东西，统统被冲得无影无踪，只在厨房的桌子上剩下一张白色的小名片，上面印着几个飘逸的大字：

（西南风先生）

第二章　西南风先生来访之后，
三兄弟做了什么事情；
小格拉克怎样遇见金河王

　　西南风先生信守了他的诺言。自从前面提到的那次关系重大的访问之后，他再也不来宝谷了。更糟糕的是，他对于他的西风亲戚，有着很大的影响力。在他的卓有成效的鼓动下，他们全都采取了类似的行动。所以，从这一年的年末开始，宝谷里再也没有雨水了。下面的平原，依旧绿意盎然，草木繁茂；三兄弟的祖业，却变成了一片荒地。这里的泥土曾经是王国中最肥沃的，如今却化为一堆流动的红沙。三兄弟不能与恶劣的天气长久对抗下去，只好绝望地抛弃了这份没有价值的财产，在城市和平原的人群中游走，寻求谋生之道。他们很快就陷入分文皆无的境地，手头也没有剩下什么值钱货，仅有几件古怪的老式金器。他们的不义之财，如今只残留这么多了。

"我们去做金匠吧，"当他们来到一座大城市时，施瓦茨对汉斯说，"这是能够骗钱的好生意呢。我们可以把大量的铜掺到金子里面，谁也看不出来。"

施瓦茨觉得这个想法很不错，就同意了汉斯的提议。于是，他们租来熔炉，开始充当金匠。但有两件小事，影响了他们的生意：第一，人们不喜欢掺了铜的金子；第二，每当卖掉什么东西，两个哥哥总是让小格拉克独自照看熔炉，他们却去隔壁的酒馆里喝酒，把赚来的钱全部花光。所以，他们几乎熔化了所有的金器，赚来的钱却不够购买更多的金子。最后，他们只剩下一个大酒杯，那是小格拉克的叔叔送给他的，他非常喜爱这个杯子，说什么也舍不得跟它分手，尽管他只是用它来喝水和牛奶。这个杯子看起来十分奇特。它的把手，是用两束金丝编成的飘垂的发辫，这些金丝做得非常精细，看来更像丝线，而不像金属。这条金辫子向下延伸着，与做工同样精细的络腮胡子和髭须相互连接，围绕并装饰着一张极其凶狠的小脸。这张脸就在杯子的正面，具有你想得到的最纯正的金色；它的两只眼睛，似乎在俯视着它的四面八方。用这个杯子喝水时，这双眼睛就会睥睨着你，令你难以避开它们的强烈目光。施瓦茨发誓说，有一次，他用

这个杯子喝了十七杯莱茵葡萄酒之后，看见这双眼睛
在眨动呢！他们要把这个杯子做成金勺的时候，可怜
的小格拉克难过得心都要碎了，两个哥哥却只是嘲笑
他。他们把杯子扔进坩埚，便摇摇晃晃地向酒馆走去，
他照例要留下来，在一切准备就绪时，把金子浇注为
金块。

　　等到他们离开之后，格拉克对坩埚里的老朋友看了
最后一眼。飘垂的发辫彻底熔掉了，只剩下红鼻子和
闪光的双眼，目光显得比从前更加凶恶。"这也难怪，"
格拉克想，"因为它遭到了虐待呀。"他忧伤地信步踱
到窗前，坐下来呼吸黄昏的新鲜空气，避开散着热气

的熔炉。从这个窗口，可以俯瞰我前面提到的耸立在宝谷之上的高山，尤其是金河的发源地——那个峭壁的顶峰。此刻正是日暮时分，格拉克坐在窗前，眺望山顶的岩石。反照的霞光，为群峰抹上紫红色。众山的四周，萦绕着朵朵红云；灿烂的云舌，不断燃烧和抖动。灿烂无比的金河水，宛如飘动的金柱，流过一道道悬崖。宽阔的紫虹，横跨于金河之上，仿佛双曲拱桥，在水花的映托下，明灭可见。

　　"唉！"格拉克看了一会儿，大声说，"假如那条河真是纯金的，那该多好呀。"

　　"不，这不可能，格拉克。"一个清脆的声音在他的耳边说，听起来非常清晰。

　　"天哪，是谁在说话呀？"格拉克惊叫着，跳了起来。屋里没有别人。他环顾着房间和桌子底下，又回头看了好多次，可房间里确实没有别人呀。他又坐在窗前，这次并没有讲话，却情不自禁地暗想，假如那条河真是纯金的，就会给他带来莫大的方便。

　　"根本不可能，我的孩子。"那个声音又出现了，声音比上次还大呢。

　　"天哪！"格拉克又说，"是谁在说话呀？"他再次察看房间的所有角落和碗橱，然后使劲地在房间的中央来回转圈子，以为有人躲在他的身后。这时候，他的耳畔又响起了同样的声音。它现在开始唱歌，声音非常欢快："啦啦……哩啦……啦。"它唱的是无词歌，仅有连续悦耳和充满活力的曲调，听起来有点儿像壶水的沸腾声。格拉克看了看窗外。不对，它肯定来自屋里。他看了看楼上和楼下。不对，它肯定来自这个房间，节奏越来越快，声音越来越清晰："啦啦……哩啦……啦。"格拉克突然觉得，在靠近熔炉的地方，歌声显得更大。他跑到炉子的开口处，往里面看去。对了，他没有看错，那个声音好像不仅仅来自熔炉，而且是从坩埚里面传出来的呢。他揭开坩埚，十分惊恐地跑回去，因为确实是坩埚在唱歌！他举起手，张着

嘴，在房间最远的角落里站了一两分钟。这时，歌声停了下来，一个清晰的声音开始说话。

"喂！"那个声音说。

格拉克没有回答。

"喂！格拉克，我的孩子。"那个声音又在坩埚里说。

格拉克鼓起全部勇气，径自走到坩埚那里，把它从熔炉之中取出来，往里面看去。金杯已经全部熔化了，金水的表面有如河面，平滑而又光亮。在往里面观看时，小格拉克没有看到他的脑袋的映像，只看到昔日的杯子朋友留下的红鼻子和敏锐的眼睛，它们位于金水之下，与他以前见过的样子相比，都要红润和敏锐一千倍。

"过来呀，格拉克，我的孩子，"那个声音又在坩埚里说，"我没事儿，把我倒出来吧。"

但格拉克惊呆了，无法走动。

"喂，把我倒出来呀。"那个声音有点儿不高兴地说。

格拉克仍然动弹不得。

"你不想把我倒出来吗？"那个声音生气地说，"我太热了。"

31

格拉克费了好大的力气，总算走过去，抓住坩埚，使它倾斜起来，以便倒出金水。但从坩埚里流出来的并不是液体，起初是两条漂亮的小金腿，接着是外套的下摆，然后是叉着腰的双臂，最终是那个著名的杯子朋友的脑袋——这些东西刚刚流出来，就组合成一个金色的小矮人，身高大约有一英尺半，精神饱满地站在地板上。

　　"这就对了！"小矮人说着，先伸开双腿和双臂，然后尽力地上下晃动脑袋，五分钟之后才停下来，显然是想要查明，身体的各部位安装得是不是完全合适。与此同时，格拉克站在那里注视着他，惊奇得说不出话来。他穿着金丝编织的开衩的紧身上衣，质地非常

精细，闪烁着绚丽的光芒，仿佛珍珠母的表面。他的波浪般的鬈发和胡须，一直垂落到闪亮的紧身上衣的衣襟那里，看起来特别纤细，格拉克几乎说不清它们的末梢在哪里，好像它们与空气融成了一体。他的脸却没有那样精美，而是有些粗糙，近乎黄铜色。他的面部表情说明，他有着非常固执和倔强的性格。小矮人结束了察看之后，把敏锐的小眼睛转向格拉克，谨慎地对他注视了一会儿。"不，不可能，格拉克，我的孩子。"小矮人说。

这种讲话方式，确实有些突兀和费解。这些话很可能是针对格拉克的想法而言，小矮人当初在坩埚里说的话，就是由此引发的。不管怎样，格拉克都不想去反驳。

"不可能吗，先生？"格拉克非常温顺地说。

"不，"小矮人不容置疑地说，"不，这不可能。"小矮人说完之后，把帽子使劲地拉到眉毛上，在房间里来回走了两趟，每次都走出三英尺。在走路时，他的腿抬得高高的，落腿时也很用力。在这段时间里，格拉克稍稍镇定下来，发现自己用不着害怕这个小客人。于是，好奇心使他不再惊讶，大胆地提出了一个特别敏感的问题。

"先生，请问……"格拉克有些迟疑地说，"你是我的杯子吗？"

小矮人听到这里，突然转过身，径直走到格拉克的面前，把身体挺得笔直。"我是金河王！"小矮人说。为了使格拉克缓过神来，不再对这个消息感到惊恐，小矮人再次转过身去，走了两趟，大约走了六英尺。然后，他又走到格拉克的面前，站着不动，好像在期待着对这个消息的评论似的。

格拉克决定，不管怎样，都要说些什么。"祝陛下健康。"格拉克说。

小矮人并没有纡尊降贵，回答这个礼貌的问候。"听着！"他说，"我就是你们凡人所说的金河王。你见过我原先的样子，那是由一个恶毒的国王造成的，他的法力比我更大。现在你已经破除他的魔法，使我获得了自由。我愿意帮助你，因为我看到了你的品行，以及你是怎样对待两个坏哥哥的。所以，你要用心地听我说下去。不管是谁，只要他爬上那个峭壁的顶峰，也就是你看到金河源头的那个山顶，再往水源中洒下三滴圣水，河水就会仅仅为他而变成纯金的。但是，假如第一次的尝试失败了，他就再也没有尝试的机会。要是把不圣洁的水倒进金河，他就会被河水淹死，变

34

"我是金河王！"小矮人说。

成黑石头。"说完，金河王转过身，从容不迫地走进熔炉的最热的火焰之中。他的身体不断变化着，忽而通红，忽而泛白，忽而透明，忽而耀眼，最后化为一道烈焰，悠悠地腾空而去。金河王蒸发了。

"啊！"可怜的格拉克大喊，跟着那道烈焰跑过去，仰望烟囱，"哎呀，哎呀呀，天哪！我的杯子！我的杯子呀！我的杯子！"

第三章 汉斯先生在
金河的探险历程和结果

金河王刚刚用前一章提到的那种奇特方式离开，喝得酩酊大醉的汉斯和施瓦茨，就连喊带叫地走进房子里。发现最后一件金器彻底失踪之后，他们才稍稍清醒过来，紧盯着格拉克。但他们仅仅把格拉克痛打了五分钟，便无力地各自瘫坐在一把椅子上，要求他亲自解释这件事。格拉克把事情的经过告诉了他们，他们自然连一个字都不相信，于是再次打他，直到累得胳膊酸痛，才跟跟跄跄地上床睡觉。可是，格拉克在第二天早晨仍然坚持他的说法，他们这才对他的话相信了几分。接下来，为了解决谁先去碰碰运气的难题，两个兄弟争吵了许久，最后拔出剑来，开始对打。邻居们被他们的争斗声惊动，又无法使这两位斗士住手，就派人去找警察。

汉斯听到这个消息，设法逃出去，躲藏起来。施瓦茨却被带到地方法官面前，因扰乱治安而被罚款。可他在头天晚上喝酒时把钱都花光了，就被关进监狱里，直到交出罚款为止。

汉斯闻讯，大喜过望，决定立刻前往金河。可是，要怎么样才能得到圣水呢？他去找牧师，牧师却不愿意把圣水送给他这样的无耻之徒。所以，汉斯平生第一次在晚上参加晚祷，装出画十字的样子，偷出一杯圣水，得意扬扬地回了家。

第二天早上，他在日出前起床，将圣水倒进一个坚固的长颈瓶，把两瓶酒和几块肉装在篮子里，然后背起篮子，拿着用来登山的手杖，准备上山。

在出城时，他必须路经监狱。他从监狱的窗外往里看，恰好发现施瓦茨在栏杆内向外窥视，露出闷闷

不乐的表情。

"早上好呀，大哥，"汉斯说，"需要我给金河王带个口信吗？"

施瓦茨气得咬牙切齿，拼力摇晃着栏杆，汉斯却只是嘲笑施瓦茨，劝哥哥安心坐牢，直到他回来时为止。然后，他背着篮子，在施瓦茨的面前晃动装着圣水的长颈瓶，一直晃到瓶中泛起白沫，才兴高采烈地走开了。

这真是一个令人愉快的早晨，就算不去寻找金河，也会感到开心的。含着朝露的缕缕薄雾，沿着山谷舒展开来。高山耸立在雾气之中，下面的悬崖则隐藏在

银灰色的阴影里，几乎与飘浮的雾气难分难解，但它们渐渐地上升着，终于沐浴到阳光。红得刺眼的阳光，照耀着棱角分明的绝壁；又长又平的光线，刺透了岩壁边缘的长矛般的松树。在非常高的地方，高耸着几堆分裂的城堡般的红色巨石，参差破碎，千奇百怪。在这些巨石的裂缝之中，处处是被阳光照亮的一条条积雪，仿佛一系列之字形的闪电。在更远更高的地方，沉睡在蓝天之中的，是终年积雪的群峰，它们比朝云还要模糊难辨，却更为纯粹和永恒。

金河发源于一个无雪的小型高地，现在几乎笼罩在阴影里面，只能看到从源头喷出的水花，如同缓缓的烟云，从波动的瀑布之上升起，绕成淡淡的圈子，随着晨风飘去。

汉斯的目光和思绪，彻底被金河所吸引。要想接近这个目标，必须经过长途跋涉，他却忘记了这一点，轻率地匆匆赶路。结果，在攀登第一列翠绿的小山之前，他已经变得疲惫不堪。此外，在登上这些小山时，他惊讶地发现，在他和金河的源头之间，横着一个大冰川。尽管他早就熟悉了这些大山，却丝毫不知道这个冰川的存在。他如同老练的山区人那样，大胆地走上冰川，心里却在琢磨着，他这辈子还从没有走过这样奇异，或者说这样危险的冰川呢。冰面光滑无比，从冰川的每个裂缝之中，都传出不绝的流水声——它们并不单调轻柔，而是多变刺耳，时而升高为一段段悠扬激越的曲调，时而降低为短促悲哀的音调或骤然的尖叫，仿佛人类在忧伤或痛苦时发出的呐喊。冰块破裂为无数复杂的形状，但汉斯觉得，它们的形状与普通的碎冰完全不同。它们的轮廓之内，似乎有一种奇特的表情，始终仿佛扭曲和露出轻蔑神情的人脸。无数令人迷乱的阴影和血红的光线，在淡蓝色山峰的中间和周围游走和摇摆，把这位旅行者晃得眼花缭乱。暗流的持续喷涌和吼叫，使他的听力减弱，头脑昏乱。他越往前走，处境就越危险。冰面在他的脚下砰然破裂，露出新的裂口。摇摇欲坠的冰塔，在他的周围晃动着，最终轰地倒塌在他的面前。在这个最可怕的冰川上和最恶劣的天气里，他已经克服了重重危险，但在跳过最后的裂口时，心里又涌起了难以承受的恐惧感。他猛冲到坚固的山间草地上，筋疲力尽，全身发颤。

他已经被迫抛弃了装着食物的篮子，因为在穿越冰川时，它变成了危险的累赘。他现在没有什么食物，只能掰下几块冰来吃，尽管无法充饥，却减轻了他的口渴。休息了一个钟头之后，他的力气又恢复过来，怀着难割难舍的贪婪精神，继续艰辛的旅程。

　　他沿着红色岩石构成的山脊向上攀登着，这里的岩石光秃秃的，上面既没有令人脚步轻松的草叶，也没有凸出的棱角，挡住南方的阳光，提供少许的阴凉。此刻已过中午，阳光烧灼着陡峭的石路，凝滞的空气中弥漫着热浪。汉斯如今已经累得浑身酸痛，不久又觉得口渴难忍，就对着挂在腰带上的长颈瓶看了好几眼。"只喝三滴水就够了，"他最后想，"我至少可以用它们来冰一冰嘴唇呀。"

　　他拿出长颈瓶，刚要举到嘴边，忽然看见身边的岩石上躺着什么东西。他觉得，它动了一下。那是一条小狗，显然就快渴死了。它的舌头伸了出来，下巴干干的，四肢无力地伸展着，一群黑蚂蚁在它的嘴唇和

喉咙周围爬动。它的眼睛转向汉斯手中的长颈瓶。他举起长颈瓶喝水，然后踢开这个动物，继续前进。这时，他觉得有一个奇怪的阴影突然飘过蓝天，可他不知道这是怎么回事。

道路变得越来越险峻和崎岖，高山的空气不但没有使他神清气爽，反而令他的血液变得灼热起来。山间瀑布的流动声，仿佛阵阵嘲笑，回荡在他的耳边。它们全都遥不可及，他的口渴却越来越难耐。又一个钟头过去了，他再次俯视腰间的长颈瓶。尽管瓶子已经半空，剩下的水却远不止三滴呢。他停下脚步，拿出长颈瓶的时候，又有什么东西在前面的路上移动。那是一个漂亮的孩子，半死不活地躺在岩石上，胸部因口渴而不断起伏着，双眼紧闭，嘴唇焦裂，仿佛被灼伤了。汉斯满不在乎地看了看那个孩子，然后喝一口水，继续前进。这时，一团乌云遮住了太阳。长蛇般的阴影，沿着山腰向上爬去。汉斯艰难地往前走。太阳就要落山了，但它的降落似乎没有带来凉爽。沉闷无比的空气，重压着他的前额和心脏，但他已经接近目标。他看见，金河的瀑布，从不足五百英尺高的山坡上奔泻着。他休息片刻，然后迅速赶路，准备完成任务。

汉斯满不在乎地看了看那个孩子，然后喝一口水，继续前进。

这时，他的耳边响起了微弱的呼救声。他回过头，看见一个白发老头儿躺在岩石上。老头儿的眼睛凹陷着，脸色惨白，表情绝望。"水！"他对汉斯伸出双臂，无力地说，"水！我要死了。"

"我没有水，"汉斯回答说，"你已经活到头了。"他从躺着的老头儿身上跨过去，继续飞快地前进。这时，一道形如利剑的蓝色闪电从东方升起，在空中舞动了三次。紧接着，一个浓厚的阴影闪出来，把天空遮挡得异常阴暗。即将落山的太阳，宛如一个火球，朝着地平线俯冲。

汉斯听到了金河的咆哮声。他站在金河流过的裂缝边缘。金河的波浪，沐浴着火红的落日余晖；浪峰如火舌般摇摆，水沫闪烁着血光。金河的咆哮声越来越响，仿佛滚雷一般，使他变得昏头昏脑。他哆哆嗦嗦地从腰带上抽出长颈瓶，投向急流的中心。这时，冰冷的寒气刺透了他的四肢。他摇晃了一下，尖叫着倒下去。滚滚的河水，淹没了他的呼喊。在夜色中，金河从一块黑石头之上奔腾而去，发出刺耳的哀鸣。

第四章 施瓦茨先生在
金河的探险历程和结果

　　可怜的小格拉克，独自留在家里，心急如焚地等待汉斯回来。他发现汉斯没有回家，感到非常害怕，就把事情的整个经过告诉了还在坐牢的施瓦茨。施瓦茨听得心花怒放，认为汉斯肯定变成了黑石头，全部的金子都应该归他所有。格拉克却十分难过，痛哭了一夜。早晨起床时，格拉克看到家里既没有面包，也没有钱，就去为另一个金匠工作。他干得极其卖力，手法干净利落，每天都要工作很长时间。不久，他赚到的钱已经足以替哥哥支付罚金了。他把这些钱全部交给施瓦茨，令施瓦茨获得自由。出狱之后，施瓦茨非常开心，打算去金河里取一些金子。格拉克却只是恳求他，去看看汉斯出了什么事情。

　　当施瓦茨听说汉斯的圣水是偷来的，就在心中暗想，也许金河王并不完全赞成这种办法呢。他决心把

事情办得更好，便从格拉克那里拿走一些钱，去找一个坏牧师。为了赚钱，这个牧师爽快地把圣水给了他。施瓦茨相信，事情完全办好了。第二天早晨，施瓦茨在日出前起床，用篮子装了几块面包和酒，把圣水装进长颈瓶里，前去爬山。在看到冰川时，他如同弟弟那样震惊。在穿越冰川时，他同样遇到了巨大的困难，甚至也把篮子丢掉了。那一天并不晴朗，空中虽然无云，却笼罩着紫色的浓雾，令山冈显得昏暗阴郁。当施瓦茨攀登那条陡峭的石路时，如同弟弟那样口渴，就把长颈瓶举到嘴边，准备喝水。然后他看见那个漂亮的孩子，躺在他身边的岩石上，对他哭喊和呻吟着，想要喝水。

"你想喝水？真是白日做梦！我的水还不够自己喝

的呢。"施瓦茨说着，继续前进。这时，他觉得阳光变得愈加暗淡了。他看见，西方升起一团暗淡的黑云。他又攀登了一个钟头，再次感到口渴，想要喝水。然后他看见那个老头儿躺在他前面的路上，朝他喊着要水喝。"你想喝水？真是白日做梦！我的水还不够自己喝的呢。"施瓦茨说完，继续前进。

这时，阳光似乎在他的眼前渐渐消失了。他抬起头，发现一层血红的云雾遮住了太阳。那团黑云已经升得很高，它的边缘在摇荡和翻滚着，有如愤怒的海浪，投下长长的阴影，在施瓦茨脚下的道路上忽隐忽现。

施瓦茨又攀登了一个钟头，再次感到口渴。把长颈瓶举到嘴边时，他觉得自己看到了弟弟汉斯精疲力竭地躺在前面的路上。在他定睛细看时，那个人影向他伸出手臂，喊着要水喝。"哈哈！"施瓦茨大笑，"真的是你吗？还记得监狱的栏杆吧，我的老弟。你想喝水？真是白日做梦！你认为，我把水一直带到这儿来，就是为了给你喝的吗？"他说着，跨过那个人影。这时，他觉得自己在那个人的嘴唇上看到了奇怪的嘲讽表情。走出几码之后，他回过头，发现那个人影已经消失了。

不知道怎么回事，一阵恐惧突然把施瓦茨攫住了。对于金子的渴求，却压倒了他的恐惧，令他继续疾行。那层黑云已经升到天顶，尖塔状的闪电从那里爆发出来。在电光闪烁的间歇，浪潮般的黑云，似乎在整个天空里起伏和飘荡。在太阳坠落的地方，天空完全是平坦的，仿佛血染的湖面；一阵大风从那片天空吹过来，把红云打得粉碎，散落到黑暗深处。当施瓦茨站在金河边缘时，它的黑色波浪仿佛雷暴云，它的水沫却宛如烈火。他把长颈瓶投进河水时，咆哮的水声与滚滚的雷鸣，上下汇合在一起。紧接着，电光在他的眼里闪耀，地面在他的身下陷落，河水淹没了他的呼喊。在夜色中，金河从两块黑石头之上奔腾而去，发出刺耳的哀鸣。

第五章 小格拉克在金河的
探险历程和结果，以及其他趣事

格拉克发现，施瓦茨也没有回来。他十分难过，不知如何是好。他没有钱，只好再次去为那个金匠工作。那个金匠让他干许多工作，给的工钱却很少。所以，一两个月之后，格拉克干累了，决心去金河试试运气。"那个小小的金河王，看起来心地很好，"他想，"我觉得，他不会把我变成黑石头的。"于是他去找牧师，刚刚提出请求，牧师就给了他一些圣水。然后，格拉克把几块面包装进篮子里，带着篮子和长颈瓶，一大早就去登山。

如果说冰川曾经令他的两个哥哥疲惫不堪的话，在穿越冰川时，他的疲惫感则要强烈二十倍，因为他不如他们健壮，也没有他们那样的登山经验。他重重地摔倒了几次，丢失了篮子和面包，又被冰下的怪声吓得要死。走过冰川时，他躺在草地上，歇息了许久。在一天中最热的时候，他开始爬山。一个钟头之后，他如同两个哥哥那样，感觉口渴难忍，打算喝水。这时，他看见一个老头儿，从上面的道路走过来，看起来非常虚弱，拄着一根拐杖。

　　"孩子，"老头儿说，"我渴得没有气力了，把你的水给我喝一点儿吧。"

　　格拉克看了看老头儿，发现他脸色苍白，疲惫无力，就把长颈瓶递给他。

　　"请不要喝光了。"格拉克说。

　　老头儿却喝了很多水，在他交还长颈瓶时，里面的水只剩下三分之一。然后，老头儿祝他成功。格拉克愉快地继续前进。道路变得更加好走，路上出现了几片草叶，几只蚂蚱开始在附近的斜坡上唱歌。格拉克觉得，以前还从没有听过这样快活的歌声呢。

　　他又走了一个钟头，感觉越来越渴，很想喝水。但在举起长颈瓶时，他看见一个小孩儿气喘吁吁地躺

在路边，用可怜的哭叫声，向他讨水喝。于是，格拉
克竭力忍住口渴，决定过一会儿再喝水。他把长颈瓶
放到小孩儿的唇边，小孩儿把水喝得只剩下几滴，然
后对他露出微笑，站起来往山下跑去。格拉克目送着

他，直到他变得如同一颗小星星，才转过身，继续爬
山。这时，岩石上生出各种芬芳的花朵——嫩绿的苔
藓，开着淡红色的星形花；柔滑的铃铛般的龙胆，比
最蓝的天空还要蓝；纯白的百合，明亮而又洁净。红
蝴蝶和紫蝴蝶在四处飞舞，空中洒下金色的阳光，格
拉克活了这么大，还从没感受过这样的快乐呢。

　　他又走了一个钟头，再次感觉渴得难受。他看了
看长颈瓶，发现里面只剩下五六滴水了。他不敢冒险，
所以只好不喝。他把长颈瓶挂在腰带上的时候，看见

一条小狗躺在岩石上，呼吸十分急促——恰如汉斯在登山那天看到的那样。格拉克停住脚，看看小狗，又看看上面的离他不足五百码的金河。他想起来，小矮人说过，假如第一次的尝试失败了，就再也不会取得成功。他想要从小狗的身边走过去，它却发出了可怜的哀叫。于是，格拉克又停了下来。"可怜的小家伙，"格拉克说，"要是我不搭救它，等到我返回的时候，它就会死掉的。"他看着小狗，对它凑得越来越近。小狗的眼睛非常悲哀地转向他，令他感到难过。"让金河王和他的金子统统见鬼去吧。"格拉克说着，取出长颈瓶，把瓶中水全部倒进小狗的嘴巴里。

小狗跳起来，用后腿站着。它的尾巴消失了，耳朵越拉越长，显得软乎乎和金灿灿的。它的鼻子变得红红的，双眼闪闪放光。三秒钟还没有过去，小狗就不见了。格拉克的老朋友金河王，站在他的面前。

"谢谢你，"金河王说，"可你不用害怕，我不会生气的。"这个意外的回答，显然令格拉克感到惊讶，因为他刚才说了金河王的坏话。"以前你为什么不来呢？"小矮人继续说，"你让你的两个卑鄙的哥哥来到这里，我只好费点儿力气，把他们变成石头。他们如今都成了坚硬的石头呢。"

"天哪！"格拉克说，"你真的那么残忍吗？"

"残忍！"小矮人说，"他们把不圣洁的水，倒进了我的河里。你认为，我会允许那种行为吗？"

"怎么会这样呢？"格拉克说，"我肯定，先生——我要说的是，陛下——他们的水，来自教堂的圣水盆呀。"

"这是有可能的，"小矮人回答说，"可是，"说到这里，他的表情变得严肃起来，"疲惫者和垂死者用呼喊声都求不到的水，就不能算是圣洁的，尽管它被天堂的每个圣徒赐福过。用仁慈的容器盛放的水，才可以说圣洁的，哪怕它被尸体玷污过。"

小矮人说完，弯下腰，摘了一朵长在他的脚边的百合花。它的白色花瓣上，挂着三滴清澈的露珠。小矮人把这些露珠摇落到格拉克手中的长颈瓶里面。"把它们倒进河里吧，"他说，"然后从山的另一边往下走，一直走到宝谷。祝你成功。"

　　在讲这番话时，小矮人的身体变得模糊起来。他的长袍闪现着各种色彩，它们构成了明亮的七彩烟雾。他在烟雾里面站立片刻，仿佛被笼罩在宽阔的彩虹之中。这些色彩暗淡下来，烟雾腾空而去，金河王消失了。

　　格拉克走到金河的边缘。河水奔流着，清如水晶，灿若阳光。他把三滴露珠倒进河里，露珠坠落的地方，露出了一个圆形的小旋涡，河水发出悦耳的声音，涌进这个旋涡。

　　格拉克站着观察了一段时间，感觉非常失望，因为河水并没有变成纯金的，水量似乎也大大减少了。可他遵照小矮人朋友的嘱咐，从山的另一边往下走，向着宝谷前进。这时，他觉得自己听见了河水在地下流动的声音。当宝谷在眼前出现时，他看见了一条金河般的河流，从刚刚在金河之上裂开的岩石裂缝里喷涌而出，形成无数的水流，在成堆的干燥红沙之中流淌着。

它的白色花瓣上，挂着三滴清澈的露珠。小矮人把这些
露珠摇落到格拉克手中的长颈瓶里面。

　　在格拉克的注视下，青草在新水流的旁边长了出来，匍匐植物在湿润的泥土上生长和攀缘。河边突然绽放出朵朵小花，宛如暮色深沉时乍现的点点繁星。桃金娘的树丛与葡萄藤的卷须，不断地生长着，在山谷里投下长长的阴影。于是，宝谷又变成了肥沃的田地，因残暴而失去的祖业，却因仁爱而重获生机。

　　格拉克走进宝谷，定居下来。他的家门，始终为穷人而敞开。所以，他的粮仓里装满五谷，他的家中充满财宝。小矮人实现了自己的承诺，把那条河为格拉克变成了金河。④

　　直到今天，宝谷的居民仍然能够指出那三滴圣露的入水处，还可以追溯金河的地下水道，一直追溯到

──────────

　　④ 这里是象征的说法，金河的河水其实并没有变成金子，但它的水使土地再次肥沃起来，又使格拉克变得富裕，所以具有金子般的价值。

它在宝谷里出现的地方。在金河的瀑布顶端，仍然能够看到那两块黑石头；每天的日落时分，河水都会在它们的周围哀鸣。宝谷的居民，至今仍然把这两块黑石头称为"黑兄弟"。

威金斯夫人和她的七只好猫

一个滑稽故事

一位九十岁的女士/原著

[英] 约翰·罗斯金/编辑

佚名/原著插图

[英] 凯特·格林纳威/补绘插图

前　言

这首童谣的插图，是由 W.H. 胡珀先生精工复制的，其原本是 1823 年版①的手工着色的木版画。但我想，聪明的小孩子会喜欢黑白插图，这样他们就能够按照自己的喜好去涂色了。大一点儿的孩子，可能会饶有兴趣地观察到，在表现行动而不是结果时，最简单的木刻手法，可以使生活与现实呼之欲出。这首童谣的刚劲的黑体字，是由黑兹尔先生等人②精心排版的。

我曾经在《劳动者的力量》③（第五集，P37 ～ 38）

---

① 伦敦 A.K. 纽曼出版公司在 1823 年出版了这首儿童诗的单行本，它的扉页上说，这首儿童诗"主要由一位九十岁的女士所写"，另外配有"18 张彩色版画"插图，但该书没有注明插图的原始绘制者。

② 罗斯金的序文，是为这首儿童诗的 1885 年新版所作，它的扉页上说，这首儿童诗"主要由一位九十岁的女士所写"，其内容由约翰·罗斯金编辑和补充，全书共有"22 张木版画"，其中的新插图由凯特·格林纳威绘制。它的 1885 年新版，由黑兹尔（Hazell）、沃森等人印刷，所以罗斯金在这里特意提到"黑兹尔先生等人"。

③《劳动者的力量》（Fors）：全名为《Fors Clavigera》，指罗斯金从 1871 年起，写给英国工人的系列信件，后来分几集出版。此书的书名比较难译，因为它具有多重含义，这个中译名来自《英国文学史》（莫逖、勒凡脱著，柳无忌、曹鸿昭译，商务印书馆 1937 年 4 月初版）的中译本第 14 章。

中说过，这首童谣中的令人赞赏的韵律，是不容易模仿的。在它的旧版本中，并没有提到小猫咪在学校里的学习情况；我觉得，假如把这种细节交代出来，也许会使我的小读者感到高兴的。于是，我补写了这首儿童诗的第三、四、八、九页④，好心的格林纳威小姐⑤又为它们补画出必要的插图。但是，我补充的那几段诗歌，并不像原作那样完美。我不愿意让格林纳威小姐的优雅的素描，拘泥于旧版插图的正式风格。可我们同样相信，大家也许不会认为，我们的增补减损了这本小书的趣味。至少我非常愿意向你推荐这本书的原有段落，你可以在圣诞节的炉火边欣赏，因为它与忧伤无缘，又不包含任何丑陋的东西。

J. 罗斯金

1885 年 10 月 4 日

---

④ 第三、四、八、九页（on the third, fourth, eighth, and ninth pages）：根据罗斯金的交代和新插图的风格可知，罗斯金补写的几段儿童诗，分别是全诗的第三、四、八、九段。

⑤ 格林纳威小姐（Miss Greenaway）：即凯特·格林纳威（Kate Greenaway，1846 ~ 1901），英国童书作者和插画家。在这首儿童诗的 1885 年新版中，共有22 张彩色的木版画，其中的 18 张来自 1823 年版，但插图被翻印为黑白，其余4 张是凯特·格林纳威据罗斯金补写的四段儿童诗绘制的。

威金斯夫人和她的七只好猫

一个滑稽故事

威金斯夫人是一个
可敬可亲的老太太，
总是在穿针或刷洗。

她喂养了七只好猫，
因为她讨厌大老鼠，
也讨厌那些小老鼠。

全体好猫用长胡子
吓跑了所有的老鼠，
从此变得无事可做。
威金斯夫人不愿意
让猫咪浪费好时光，
就把它们送进学堂。

校长很快就写信说：
它们在喝茶前洗脸，
还知道喵字怎样写，
牛奶二字怎样去念。
威金斯夫人赞叹说：
它们有多么可爱呀！ ＊

为了满足猫咪心愿，
校长让它们学钓鱼，
在它们的游戏时间。
猫咪送给她三条鱼，
威金斯夫人很高兴，
立刻用炸鱼来解馋。*

她很快就感到寂寞，
派人通知猫咪回来。
每只猫咪划一艘船，
快活地回到她家里。
威金斯夫人很开心，
看着七只猫咪嬉戏。

夫人从市场回到家，
发现猫咪在缝地毯。
每只猫拿着一根针，
仿佛活泼的小蜜蜂。
威金斯夫人夸赞说：
干得好，我的好猫。

为了宴请七只好猫，
夫人出门去买稻米。
她回来的时候看见，
七只猫咪正在滑冰。
她说：我要赌半克朗，
有三只猫即将摔倒。

第二年的一个春日，
猫咪坐在户外喝奶，
吓坏了树上的小鸟。
威金斯夫人轻声说：
只要乖乖地坐上树，
小鸟将教你们唱歌！ ★

于是它们坐在树上，
倾听着优美的歌声，
看着空中的百灵鸟。
然后它们来到炉边，
齐唱着一首无字歌，
让威金斯夫人欣赏。*

猫咪在第二天出门，
拜访大山雀和麻雀；
路遇可怜的病羊羔，
用推车把它推回家。
夫人说：善良的好猫，
把鲱鱼奖给你们吧。

夫人跑到田野之中，
寻找小羊羔的妈咪。
猫咪为小羊羔暖床，
把被褥铺得很整齐。
威金斯夫人惊叹说：
多么精心的护理。

夫人对猫咪说晚安，

然后去床上睡大觉；

第二天早上爬起床，

七只小猫咪不见了。

威金斯夫人急忙说：

快快回来吧，猫猫猫！

夫人哭得心快碎了，

七只猫咪才回到家，

每只猫骑着一只羊。

她抚摩和轻拍猫咪，

对咕噜叫的它们说，

啊！亲爱的，欢迎回家。

小羊羔找到妈咪时，
夫人乐得眉开眼笑，
心里的欢喜藏不住。
尽管她患有痛风症，
膝盖疼得非常厉害，
还是翩翩地跳起舞。

农夫向别人打听到，

他的绵羊去了何方；

就带着忠诚的盘子①，

来到夫人的家门口。

他举起手杖敲大门，

她凭窗观望陌生人。

① 盘子（Tray）：此处指小狗的名字。另，凡是带有＊符号的段落，均为罗斯金补写。

为感谢善良的猫咪，
农夫请它们坐马车，
品尝田鼠和树莓酱。
农夫非常高兴地说：
对于夫人的小猫咪，
我一定要表示尊敬。

农夫刚刚转过身去，
派女儿购买糕和饼，
猫咪就开始吹喇叭。
农夫非常肯定地说：
我猜夫人的耳朵背，
不然又怎能忍受它？

为了展示他的家禽，
农夫把它们放出来。
每只猫都嗖地跳上，
一只大白鹅的后背。
鹅吓得跑进大海里，
把小猫咪淹得半死。

农夫赠送猫咪火腿，
感谢它们照顾羊羔，
以及滑稽的恶作剧。
农夫非常开心地说：
日安，朋友们！请向
夫人转达我的问候。

猫咪回到夫人的家，
把礼物拿给她观看，
以及所有的好东西。
威金斯夫人高声说：
过来同坐和吃饭吧，
我要再次欢迎你们。

植物学散文二篇

（节译）

植物的根

　　一棵完整的植物，包括四个主要部分——根、茎、叶、花。茎和花，其实是叶子的残余部分，或者说变态部分。如果采用更精确的说法，我们可以说，一棵完整的植物，是由叶和根组成的。但出于实用的目地，把植物划分为这四个部分最为合适，在试图描述每种植物之前，它会令人满意地表明有关植物的几个基本事实。不过，由于茎的特性取决于叶和花的本性，我们必须最后考察它的情况。也就是说，我们先要探索植物的根和叶的生长情况，其次谈论花朵和果实，最后才会谈到茎。

＊　＊　＊　＊　＊　＊

　　那么，我们先来谈谈植物的根。

　　正如我说过的那样，每种植物可以大体划分为两部分，而这两部分的本性是相互对立的。一部分追求光明，另一部分则喜欢黑暗。一部分在空气中得到吃喝，另一个则爱吃灰土。

在植物当中，热爱光明的那部分，被我们称为叶。这是一个古老的撒克逊语名词，我查不到它的起源。讨厌光明的那部分，则被我们称为根。

根具有三大功能：

第一，把植物固定在原位。

第二，用泥土来喂养植物。

第三，从泥土中为植物汲取生命力。

对某种植物而言，根的第三个功能，与植物的繁殖能力多少有一些联系。

不管怎样，一切植物的根，全都具有这三个基本功能。

* * * * * *

我说过，根的首要功能是，把植物固定在原位。根就是植物的脚镣。

你也许会认为，植物当然要固定在原位了，这是理所当然的事情嘛，难道它还会爬走吗？这绝不是理所当然的事情。与动物相比，植物的外表也许是没有变化的。它也许并不吃肉，而是依靠土和水来生活；它也许会如同无知的活物或静止的死物，全身各部分与外在结构都没有变化。但是，根是可以爬动的东西。为了固定在原位，植物会蜥蜴般地到处移动，把根一个个地向前伸展出去，这个情景是不难想象的。在干旱季节，假如植物的根能够伸进小溪喝水，就会给它们带来好处；在冬天，假如植物的根能够从邓西奈山的北坡，顽强地前进到南坡，也会给它们带来好处的。

根具有抓紧物体的功能，但它的紧握能力与枝条完全不同。它不会如同鸟爪那样，通过收缩的办法来抓住物体，也没有攀缘植物具有的那种小枝条——即我们所说的"卷须"。根呆板而又笨拙，但在扭曲并自我扩张之后，一定能够抓住物体。枝条与根的力量有很大的区别。枝条不能迅速地生长，只能停留在某个方向，与附近的枝条在一起；根却能够在有泥土的地方生长，为了绕开障碍物，可以拐到任何方向。[1]

---

[1] 20世纪的植物学家杜亚美告诉我们说，他希望使一块田地保持完好，不让街边的一棵榆树把根深入田地的内部，就在土地和街道之间挖了一条沟，以便阻挡根的脚步。可是，他惊奇地看到，那些根并没有被隔断，而是避开阳光，沿着沟的坡面之后向下生长，从沟的下方前进，再次进入田地。瑞士博物学家邦里特诙谐地说，在谈到这种奇迹时，"猫与蔷薇的力量，有时是不相上下的。"（作者原注）

根可以设法接近它想去的地方，蛇一般地蜿蜒前进，枝条却没有这种本事。一旦根把岩石或者小石块缠绕住一部分，只要通过自我扩张的办法，就能够抓紧它们。根有时拥有足以使岩石开裂的力量，却不想把它们压碎。所以，根只好通过贴紧岩石的办法来抓住它。根肯定会在什么地方找到空间的，因为它好像是用生面团做的，可以改变自己的形状。它不是用爪子抓住岩石，而是把木质的手臂依附在岩石的表面。这样一来，根不但在岩石上找到了抛锚地，还能用收紧的缆绳，把岩石缠在原地呢。

　　因此，根还有一个极其重要的次要功能——把岩石的粗糙边缘缝合起来，这就像给破衣服缝边那样，几乎能够把不同的岩石缝合到一起。所以说，在不长树木的峭壁之下经过，总归是危险的事情；要是峭壁上有了树木，就会变得美丽而又安全。根对岩石的分裂力量，一直被估计得太高。柳枝的表面张力，确实会分裂花岗岩；扩张的根，有时可以把相当大的东西推到旁边去。可在大多数情况下，不管大根还是小根，都只是缠绕着岩石，却不会使它们裂开。雨水、冰霜和化学分解的作用，可以分裂和破坏大山的表面，在荒凉的山顶形成乱石堆；在有森林的地方，土壤却会积聚起来，使山石不会碎裂。可要是砍掉山坡的森林，不但水土会遭到破坏，山崩的危险也会大大地增加。

*　*　*　*　*　*

根的第二个功能是，从土地中收集植物需要的营养品。这些营养品包括一部分的水和某种气体（氨，等等），但植物能够从空气中得到水和氨——我相信，它通常都是这样做的。不过，假如植物不能从空气得到水，它会很愿意通过根来喝水。泥土中的盐分，却是植物根本无法从空气中得到的东西，而植物必须得到它（就像我们的血液中必须有铁一样）。当泥土中的盐分完全耗尽时，植物就不能继续在那片土地上生长下去了。在现代的农业论文中，你会找到许多与这个话题有关的内容。我只想在此提请你注意，根的供给功能是非常完善的，为了找到植物所需的食物，它需要在灰土中进行大量的搜查和挖掘工作。如果只想弄到水的话，根可以尽力地往地下伸展海绵般柔软和无知的肢体，用这种办法获得大部分的水。要想从泥土中得到盐分，根却必须把所有泥土检查一遍，用纤细的须根，品尝和触摸它能够遇到的每粒泥土。所以说，根绝不是听天由命的海绵，或者只会吸取的东西，而是极其敏感的舌头，或者说具有品尝和吞吃能力的东西。由于这个缘故，根总是纤维状和四处分散的，深埋在泥土之中。

为什么说"根总是纤维状和四处分散的"呢？很多的根都是非常坚固的呀！

不。我相信，根的活跃部分，始终是纤维状的须根。经常有一个深谋远虑和喜欢安静的东西，如同根的储蓄所那样，为植物贮存着营养品，尽管它也许住在地下，却不再被看作植物的实根，而是被看作种子。在豌豆被播种一两天之后，如果你拔起它，会在豌豆的下部发现纤维状的东西，那就是它的根；生在豌豆上部的嫩芽，就是豌豆苗。现在，这粒豌豆如同耗去了部分储备的仓库，看起来非常可怜，仿佛遭到火灾侵袭的巴黎粮仓。所以说，仙客来的坚固的圆形根，或是你非常熟悉的胡萝卜的圆锥形根，并不是真正的根，而是永久性的仓库——种子生出的纤维状东西，才是它们的根。有些看起来像根的东西，不仅具有仓库的功能，还可以当作植物的庇护所哩。小时候，植物可以生活在这种庇护所里面，不会受到冬天和坏天气的袭击。所以，你最好马上给根下一个这样的定义：根是一群会生长的纤维状东西，能够从土地中品尝和吸取对植物有益的营养品，它们可以齐心协力地工作，把植物固定在原来的位置。但你要记住，根的粗壮肢体是不会吃东西的，只有根的末端的纤细须根才会这样做。须根的功能，介于舌头和海绵之间，在欣然地吸收水分的同时，还要在泥土中精挑细选，寻找它们最爱吃的美味，就像口味刁钻的小男孩或小女孩那样，不断地到处寻找好吃的，假如不能如愿的话，就会变得怒不可遏和闷闷不乐。

可是，照我看来，根似乎还有一个最重要的功能。我说"照我看来"，是因为我以上告诉你的，都是人们已经查明和确认的事实。据我所知，我要告诉你的这件事，还没有得到科学家的证实，尽管我相信，它是可以被证明的。不过，你要亲自去调查和思考它才行。

* * * * * *

有些植物，似乎从空气中得到了一切食物，只需对地面抓得更牢，把自己固定在原地。可是，如果我们用框架把它们围在原地，剪掉根以上的部分，它们就会死去。也不单单是这些植物，其他植物也都有着自给自足的生命力。我想，不管怎样，也许只有与土地进行轻微的接触，它们才能得到这种奇异的力量吧。植物必须接触土地才可以生存，就像动物的脑袋和身体必须与脊柱相连那样。离开了细微的神经纤维，所有的生命都会死去。而且，树根的作用甚至更为重要。通过切断身体或躯干的方法，可以杀死动物，却不会杀死大树。大树失去树干之后，与根相连的部分，将会再次发芽。但如果不与地面接触，根就无法生存了。所以，我对植物所下的定义是："一种生命力源于土地的生物"。

* * * * * *

现在，我们对于通常所说的根，有了十分清楚的概念。我们可以说，根与仓库、庇护所和遗迹都有关系。大多数植物都在吃饭的同时长大，有些植物却喜欢在吃饱了之后再生长。不管怎样，在生命的初期，也就是第一年的时候，植物要从泥土和空气中采集日后生活所需的养料，把它们贮藏在蜂巢般的仓库里。这些仓库通常是圆形的，在深入土地的过程中渐渐变细。对人类来说，有些仓库如同蜂巢那样有用，尽管它们的味道不太甜蜜。我们从植物那儿偷走它们，就像从蜜蜂那儿偷盗蜂蜜那样。这些倒立的圆锥形蜂巢，或者说阿特柔斯的宝库②，被我们称为胡萝卜、芜菁或者萝卜，对于人类的命运，有着重大的影响。假如我们没有偷走这些仓库，等到第二年的时候，植物还会继续生活在它的仓库之上，挺起它的茎，利用仓库的丰富储备，生出花朵和种子，在根和枝一起死亡之前，履行它的使命，为它的后继者做好准备工作。

对我们来说，这是一个耐心的好榜样。假如年轻人通常以胡萝卜或芜菁的方式成长，把秘密储备在仓库里，直到硕果累累的时候，才去展示自己的成绩，这会为他们带来好处的。可是，在晚年的时候，他们一定不要像植物那样，耗尽所有的精力，不然的话，他们很快就会可悲地死去。聪明人应该像月桂树和雪松那样生活，不断地在泥土中采掘，同时在空气中散发香气。

* * * * * *

接下来要说的，是根与庇护所的关系。树木的花朵，

---

② 阿特柔斯的宝库（treasuries of Atreus）：指公元前 1200 年修建于希腊迈锡尼的圆形墓穴，其中有大量财宝。（译者注）

在还是蓓蕾的时候，必须在树上生活一段时间；有些生长在地面的花朵，在年轻的时候，同样必须暂居在它们的根上。这种花多半是鸢尾、水仙、孤挺花、百合花，以及其他谦逊的植物，它们热爱土地，在幼小的时候，喜欢完全在下面生活。一朵年幼的藏红花，拥有自己的带有拱顶的小教堂。初春时节，它在这个女修道院里过着舒适的生活，毫无世俗的烦恼和危险。但是，在出世之前，它已经具有鲜艳的金色和完美的形态。这些地下宫殿和带有拱顶的修道院，被我们称为球茎。

* * * * * *

下面谈谈根与遗迹的关系。拥有这些地下住宅的花，它的根和种子全都具有繁殖力。人们相信，某些植物的繁衍，主要是通过它们的种子：蓟通过散播绒毛的方式传宗接代，橡树通过橡果繁殖；那些会飞的移民们，定居在它们飞得到的地方；茂密的大树，把大量的坚果抛撒到地面，便会感到心满意足，万一猪吃掉这些坚果，就可以把它们带到各个地方去。别的植物却不会那么粗心，或者说舍不得离开孩子们。很多植物都渴望守候在子女的身边，为此，它们不但把果实落在自己的脚下，希望子女能够在它们的呵护下长大，还想要与子女更加贴近呢。于是，它们从根上萌发出嫩芽，等到这个年轻的植物渐渐地离开父母，就会变成新的生命。有时，老根会在它的上方（如藏红花）或旁边（如孤挺花）生出一个新根，或者在它的旁边接连不断地生出螺旋形的新根（如兰花）。在新根诞生之后，老根总是要完全死去。可是，对很多植物来说，它们的根与另外的根，可以通过一小段茎轴连接在一起，在新根出现之后，这段茎轴并不马上死去，而是无限期地在它的末端生长，另一端则慢慢地死掉，只留下昔日的植物的疤痕或者说遗迹。新根在地下长成之后，叫作根状茎。但根状茎与匍匐茎之间，并没有本质的区别，只是根状茎可以被看作茎，它拥有根一般的喜欢黑暗的忧郁气质，同时又愿意朝向或者靠近阳光生长。有一种叫作石莲花的植物，甚至在不长花朵的地方，也会散发着香味，因为它的根状茎具有玫瑰花的气味。

* * * * * *

现在，准备从植物中发现那些看来像根却不是根

96

的东西吧。你可以给根下一个简单的定义：根是一个或一组纤维状的东西，具有固定的功能和生命力，能够供给叶子部分的食物。当你详细调查植物时，首先要问的却是这些问题：它们的根是什么类型的呢？根的大小，与植物的躯体是否成比例呢？根喜欢什么样的土壤，从中获得了什么东西呢？为了寻找问题的答案，你很快就会对植物的历史进行理性的调查。③

③ 本文节译自《普洛塞庇娜》（1886）第一卷第二章，原名为《根》。

植物的花

罗马，1874，圣灵降临节①之后的第一个星期一。

花的存在，是为了它自己的缘故，而不是为了结果。果实的出现，给花增添了荣耀——它的死亡，给我们带来了好处。花是种子的终极使命，反之则不然。你也许喜欢吃樱桃，认为樱桃花的用处是为了结樱桃。事实根本不是这样。樱桃的用处是开花，正如球茎的用处是生长风信子——风信子的用处，却不是生长球茎。不，除了种子之外，花朵还能够通过球茎、根或枝条来繁殖呢，这可以立刻使你明白，对于花而言，结籽是多么无关紧要的事情。

* * * * * *

---

① 圣灵降临节（Whitsunday）：复活节后的第七个星期日。复活节，纪念耶稣复活的基督教节日，是每年的 3 月 21 日或是月圆之后的第一个星期日。

为了研究花的规律性，我们必须知道花的各部分是什么，以及花的基本构成——唉，我真的不知道，花朵的基本构成是什么。因为有些花具有苞片、花梗、花托、花萼、花冠、花盘、雄蕊和雌蕊，以及许多零零碎碎的东西，似乎根本没有用处；其余的花，则没有苞片、花梗、花托、花萼和花冠，也没有明显的雄蕊或雌蕊——既然它们简单到这样贫乏的程度，你甚至都不会把它们叫作花呢。这种成群地聚集起来的花朵，叫作柔荑花或者类似的名字，人们往往完全忽略了它们的存在。比如说，我一点儿也不知道，橡树的花朵是什么样子；我只知道，它的苞片聚集在一起，以后可以形成杯状的橡子壳。

　　这种聚集在一起的花，差不多是难以捉摸的，它们的组合规律最为微妙，也最难描述。比如说，你拿起一串沼泽石楠的钟形花，研究它的外形。你起初会觉得，它的外形并不值得研究，可要是看得更加仔细，你就会发现，每串花枝上有十二朵钟形花。有的沼泽石楠，每串花枝上也许会带有更少或更多的花朵，可花朵的总数往往是这个数目。它们全都尽量紧密地生长在一起，仅仅留在花枝的一边。这些花朵原本会压弯花枝，花枝却没有弯腰，而是向后倾斜着。它们尽量彼此紧挨着生长，位于中间的花朵，被挤压到一起，这是另一个非常特别的性质。有些花朵根本不喜欢被挤压，这些石楠花却喜欢这样，好像这会使它们显得更加美丽似的。

* * * * * *

我的手里有一朵小小的红罂粟，它是我在圣灵降临节那天，从恺撒的宫殿里采摘的。它是一朵非常简单的花。它位于野草之间，仿佛丝绸和火焰，又像猩红色的杯子，完美无缺，远远望去，宛如天堂的圣坛里坠下的燃煤。你绝对不会找到比它更加完美无瑕的花，它的颜色饱满，外面光滑，里面敞亮，就像创造了它的太阳那样地盛开着。它通体精美，就连狭窄的花梗深处都是如此，仿佛恺撒的紫袍。

真的。那朵猩红色的罂粟花，那朵人间的画家为人间的帝王描绘过的罂粟花，至今还迎着太阳和风雨，孤独地站在奥古斯都的宅院的墙上，离我割草的地方，只有一百码之遥。

你知道，罂粟花完全是杯状的。可是，在田野之中，还有很多杯状的花朵。你最好相信，每朵花都基本呈杯状。有些花朵是扁平的，可你会发现，它们其实多半是组合花，而不是单独的花。有些花朵非常少见和奇特，你很难描绘出它们的形状；可就连这些花朵，起初也是呈杯状的。你最好相信，杯状或花瓶形，是花朵的最简单和最普通的形态。

但你也许会认为，罂粟的形状通常并不像杯子。可是，我手里的这朵花，是在贫瘠的土地上长大的罂粟花。在肥沃的土地上，它会使劲地炫耀自己，在风中摆动着不稳定的猩红色花朵，但在我把它摘下一小时之后，它的美丽花瓣就会落到我的手上。但这个在贫瘠的土地上生长的小东西，罗马城的平原上的小酒杯，在今天依然如同昨天那样鲜艳和健壮。所以我可以能清楚地看到，它的花瓣接合点或者重叠处在什么地方。

* * * * * *

往这个杯状的罂粟花内部看，你会看到一个绿色突起物，植物学家把它称为雌蕊。雌蕊通常被划分为三个截然不同的部分：它的底部，是植物的种子仓库；仓库之上，是一根支柱，它往往相当长，从花杯的深处一直上升到花朵的上部边缘，或者花朵之上；在支柱的顶部，有一个张开的花冠。这个支柱，被植物学家称为花柱。它的花冠，被叫作柱头。那个种子仓库，被他们叫作子房。

在罂粟花的雌蕊周围，你会看到一丛短粗的黑丝，黑丝的末端沾满了粉尘，植物学家把它们叫作雄蕊，每个雄蕊都包括花丝和花药。华美的花冠、雌蕊和子房，以及雌蕊周围的雄蕊群，是花朵的基本组成部分。但除了罂粟之外，别的花朵难以把它们单独显示出来，因为它们几乎始终生活在花瓣的护理或监护之下。罂粟却抛弃了这些起监护作用的花瓣，宛如脾气暴躁和放纵不羁的小青年，最初受到非常严格的控制，后来却冲破了所有的约束。

* * * * * *

在罂粟花的绿蓓蕾边缘露出猩红色线条的时候，把它摘下并打开。花的雄蕊已经发育成熟，但全都密密地挤在一起，纤细光滑的花瓣互相挤压着，带有无数形状怪异的皱褶。在花朵开放时，它似乎从痛苦中解脱出来：两片受到囚禁的绿叶，在地面上摇动着；遭受虐待的花冠，在阳光中舒展开来，尽可能地自我放松。可直到花朵凋零时，它仍然保持着明显的皱褶和受伤的痕迹。

在良好的环境里长大的花朵，却不是这样的。在图1中，可以看到报春花初生时的四个阶段。起初它如同罂粟花那样，被牢牢地囚禁在五片紧缩的绿叶之内，叶子的尖端收拢到一起。这个小家伙觉得它的幼儿园非常宽敞，很愿意继续在里面生活。随后，五片绿叶打开它们的尖端，几个黄色的小东西探出头来，如同几只小鸭子。它们发现了美妙的阳光，便对着阳光舒展身体。它们不断地长呀长呀，变得越来越宽，最后完全挺立起来。尽管如此，它们从没有离开过昔日的幼儿园，而是彼此相依为命，仿佛幼儿园也是花朵的一部分。

真的，所有最可爱的花朵，都是这样长大的。按照植物学的说法，一朵花通常包括花萼（或者说花朵的隐

图1

103

藏部分）和花冠（或者说花环
部分）。可你最好把花萼和花冠
看作各自独立的东西，因为花
萼的主要功能是隐藏花朵，在
年轻时通常为绿色，在生长期

图 2

则通过中止或者大大延迟生长过程，显示出它的独立个
性。在花冠出现剧变并开始成形时，花萼的样子却没有
多少变化。比如说，在图 2 中，你可以通过青春期的豌
豆花，看到花萼和花冠的不同。

　　起初，整个花都呈现下垂的样子，
为了达到合适的位置，花梗弯曲为圆
形。小蓓蕾觉得自己受到了虐待，决
定不再向任何压力屈服，便不懈地向
上转动着尖端，说什么也要对太阳靠
得更近。然后，它们开始绽放，把花
冠舒展开来。这里，我只用图 3 来表
现它们的成长过程。

　　在看到花萼的长长的尖顶时，你
会把焦急地向上卷曲的花萼，当作家
族的首领。小花冠偷偷地溜出来之后，
你很快就会改变对花萼的最初印象。

图 3

104

接着，花冠高飞起来，张开宽阔的翅膀。羞愧的花萼，撤退到花冠的下方。最后，花冠上部的大花瓣，不愿意背对着阳光和脸部朝下，就完全抬起身子，看着天空。于是，你的花彻底开放了。

* * * * * *

所以说，应该把花萼和花冠看作截然不同的东西。起初，花萼紧紧地包裹着花朵，它必须完全打开，才能把花冠释放出来。花冠必须尽可能地展开，不然就无法显露自己。典型的花冠，则如同杯子或者盘子那样，它们的边缘之所以有一些缺口，只是为了装饰自己的缘故。

我最后要说的是，尽管花冠是植物的基本组成部分，在通常情况下，只有花朵才会具有艳丽的色彩，但植物的其他部分，也可以拥有这样的荣耀。这似乎是想要让我们看到，植物的其他部分，并没有给花朵丢脸。某些植物的梗和叶，几乎和花朵一样鲜红。但我认为，这些红色的叶子，仿佛初秋的红叶和肺病患者的红脸，预示着神圣的青春和死亡。[2]

---

② 本文节译自《普洛塞庇娜》（1886）第一卷第四章，原名为《花》。

罗斯金小传

肖毛编译

一

约翰·罗斯金（1819～1900），英国著名散文家、诗人和艺术评论家，他的有关艺术和建筑学的散文，在维多利亚女王时代和爱德华七世时代有着极大的影响。

1819年2月8日，罗斯金生于伦敦。他的父母是一对堂兄妹，全都具有苏格兰人血统。他的父亲是一位酒类进口商，非常喜爱艺术；他的母亲性格严厉，对宗教十分虔敬。小时候，罗斯金基本在家中接受教育。1837年，他被牛津大学录取，因经常得病和出国旅行，曾经几度中断学业，直到1841年才取得学位。

在写作生涯的早期，他对诗歌产生过兴趣，曾经获得牛津大学设立的纽迪吉特诗歌奖。他的第一部散文作品叫作《建筑的诗意》，最初连载在伦敦1836～1837年的《建筑学杂志》，发表时使用的笔名是 Kata Phusin[①]。在《建筑的诗意》中，罗斯金以华兹华斯的论点为中心，通过对英国村舍、别墅和其他寓所的研究，认为建筑物应该与当地的环境具有和谐的风格。不久，他写出一篇《气象科学的现状的评论》，刊于 1839 年出版的《气象协会学报》（P56 ~ 59）。

1843 年，他出版了生平的首部重要散文作品《当代画家》（第一卷），署名为"一个牛津毕业生"。他在这部作品中认为，提香和丢勒这样的绘画大师，才是忠于自然的，米开朗基罗却对艺术带来了坏的影响。他极力推崇英国风景画家透纳（1775 ~ 1851），认为透纳忠于自然，比某些后文艺复兴时代的绘画大师更加出色。在此书的后半部分，记录了罗斯金对某些自然现象的观测结果，比如云是怎样移动的，树是怎样生长的，同时列出部分画家对自然现象的判断正误。

由于《当代画家》的出版，透纳非常感谢罗斯金，因为在此之前，透纳并未受到世人的重视。所以，透纳让罗斯金作为自己的遗嘱执行人之一。有人认为，在 1858 年，作为透纳的遗嘱执行人，罗斯金曾经擅自烧毁了大量透纳的素描作品，理由是它们的主题有伤

---

① Kata Phusin：希腊语，意为"忠实于自然"。

风化，有损透纳的声誉。2005 年，透纳的这些作品在一个英国档案馆里被人发现，这说明罗斯金当初并没有做出烧毁透纳作品的事情。

　　总之，《当代画家》为罗斯金赢得了声誉，但有些专业画家认为罗斯金的观点比较武断，缺乏对于艺术技巧的基础研究。为了弥补这个不足，罗斯金在 1845 年去意大利旅行，对意大利画家进行直接的研究。

青年时代的罗斯金，钢版画，大约创作于 1845 年。

二

　　1848 年，罗斯金与埃菲·格雷结婚，婚后去诺曼底过蜜月，在那里研究哥特式大教堂，把他的研究兴趣转移到建筑学领域。为了给罗斯金画肖像，英国画家约翰·埃弗里特·米莱（1829 ~ 1896）曾经与罗斯金夫妇一起去苏格兰旅行，这次旅行令他们的婚姻产生了剧变，引起了人尽皆知的丑闻。1854 年，罗斯金与埃菲离婚。后来，埃菲与米莱结婚。

在米莱与埃菲结婚之前，罗斯金始终支持米莱。米莱与威廉·霍尔曼·亨特（1827～1910）、但丁·加布里埃尔·罗塞蒂（1828～1882）共创了前拉斐尔派（1848），他们的绘画作品都受到了罗斯金的艺术理论的影响。在论争拉斐尔派的油画《在父母家里的基督》时，罗斯金曾经给《泰晤士报》写信，替他们的作品辩护，后来又与米莱等人会面，对他们表示支持。

米莱与埃菲结婚之后，抛弃了前拉斐尔派的风格，此后所创作的绘画作品，经常遭到罗斯金的猛烈抨击。但罗斯金继续支持亨特和罗塞蒂，还曾提供资金，鼓励罗塞蒂的妻子学画。

1849年，罗斯金出版《建筑的七盏明灯》；1851～1853年，罗斯金出版《威尼斯的石头》。在这两部书中，罗斯金主张，建筑学不能与道德相脱离。他抵制建筑的机械化和标准化，极其推崇中世纪哥特式风格的建筑，从而推动了维多利亚女王时代的哥特式建筑的复兴运动。所以，《建筑的七盏明灯》和《威尼斯的石头》变成了这个复兴运动的建筑"圣经"，使建筑师从中获得了灵感。

此时，罗斯金早已变成那个时代最著名的文艺理论家。他的艺术评论，具有举足轻重的影响力和判断力，但因此而得罪了一些画家，引起了很多争论。比如，《笨拙》杂志曾经刊出过一首滑稽诗，其中有这样几句："我画了很多画，从未听到过抱怨……当残暴的罗斯金，伸出他的獠牙，却再也没人来买我的画。"

牛津大学自然史博物馆，罗斯金合作设计，现代哥特式建筑的试验作品。

三

1856 年，他出版了《当代画家》的第三和第四卷。1860 年，他写完了《当代画家》。此时，随着宗教信仰的剧变，在朋友托马斯·卡莱尔（1795～1881）影响下，罗斯金放弃了艺术批评，转向政治评论。为了改革社会，他开始直接猛烈抨击经济学家的价值。在《时至今日》（1860）和《经济学释义》（1862）中，他认为，

"财富是由真正价值而不是由交易价值组成的……劳资间的问题是一个道德问题，资本家不应凭借其势力以加重对于工人的榨取，而应该使工人过着较能独立的生活。"②在《时至今日》中，他的理论影响了英国工党和基督教社会主义的发展。

1864～1865年，罗斯金写出《芝麻与百合》，这是"他的流行最广的作品……是他研究政治经济的副产品，在此书的第一部《国王的珍宝》里，他责备英国人重视物质的成功，而忽视精神的成功。……《芝麻与百合》的文体非常富丽有力。也许它是最好的例子，足以证明罗斯金对于各种散文辞调的运用已有充分的技巧。"③

1869～1879年，他当选为牛津大学的首任"斯雷德教授"，这是一个艺术教授的职位名称，因英国古董商斯雷德（1790～1868）在1868年为这个职位捐赠35000英镑的基金而得名。在牛津期间，罗斯金与数学教授刘易斯·卡罗尔（1832～1898）成为好友，曾经让卡罗尔为他拍摄相片，而这位喜欢摄影的数学教授，就是《爱丽斯漫游奇境》的作者。另外值得一提的是，

②③④⑤：这些引文均来自《英国文学史》（莫逊、勒凡脱著，柳无忌、曹鸿昭译，商务印书馆1937年4月初版）的中译本第14章。

英国著名作家王尔德曾经选修了罗斯金的课程，但他后来背离了罗斯金的艺术理念，堕入为艺术而艺术的深渊。

在此期间，罗斯金深深地爱上了罗斯·拉·塔奇，一个热心于宗教的年轻女人。他在1858年时就曾经见过罗斯，那时她只有10岁。在罗斯18岁时，47岁的罗斯金向她求婚，在1872年终于遭到拒绝。1875年，罗斯病故，罗斯金深感绝望，这导致了几场精神病的发作。

中年的罗斯金，此时担任牛津大学的"斯雷德教授"（1869～1879）。

罗斯金的第二个恋人罗斯·拉·塔奇，素描作品，罗斯金画。

四

晚年的罗斯金，对被压迫阶级寄予了深切同情。在父亲死时，罗斯金曾经说，成为富有的社会主义者是不可能的事情。为了帮助穷人，他花掉了大多数遗产。1875 年，他创立了一个叫作圣乔治会的慈善团体，希望通过圣乔治会"实行自己的经济理想及社会理想，……此会的信条在于实行服从、勤勉与大公无私的品德，其形式颇有武士制度的风格。……换句话说，就是要在英国本土造成一个乌托邦。为办理这个会社及其他慈善事业，如贫民住所与贫民教育等，他最后捐助了他的全部产业。"④

为了帮助英国的工人阶级，"他写给他们许多书信，题为《劳动者的力量》，这些信始于 1871 年，包含他对于经济、艺术、宗教，各种问题的观点，有时说得极其娓娓动人，有时则出以愤怒的责骂。"⑤

美学运动的发展和印象主义的出现，使罗斯金疏远了艺术世界，对凯特·格林纳威等图书插图画家有了更多的兴趣。1877 年，罗斯金在格罗夫纳画廊看到了一幅题为《黑色与金色的夜曲：散落的焰火》的油画，它的作者是著名的美国画家詹姆斯·麦克尼尔·惠斯勒（1834～1903）。罗斯金认为，艺术首先应该表达真实，惠斯勒的作品却是艺术机械化的典型。所以，他在 1878 年对《黑色与金色的夜曲：散落的焰火》发表了尖锐的评论，认为惠斯勒"向公众脸上泼了一罐颜料，却索要 200 个几尼。"惠斯勒对此感到恼火，以诽谤罪控诉罗斯金，最终取得胜利，但陪审团的判决是，赔偿他一个法寻⑥。这场官司玷污了罗斯金的名誉，兴许也加速了他的精神恶化过程。

1878 年，罗斯金患上精神病，1888 年再次发作，精神严重崩溃，只能被禁闭在英格兰的康尼斯顿湖边的布兰特伍德，一直到去世为止。1885 和 1889 年，他在清醒的间歇，继续撰写他的自传《过去的时代》。1900年1月20日，罗斯金因患脑热病而去世。

晚年的罗斯金，摄于 1894 年。

五

罗斯金是百科全书式的人物，在一生中共创作了 250 多种著作，内容涉及科学、地质学、鸟类

---

⑥法寻（farthing）：英国旧时的铜币，相当于四分之一便士。

学、植物学、神话学、美学、建筑学、文学、艺术等领域，主要包括《金河王》（1841）、《当代画家》（1843～1860）、《建筑的七盏明灯》（1849）、《威尼斯的石头》（1851～1853）、《两条路》（1858～1859）、《芝麻与百合》（1864～1865）、《尘埃的伦理》（1866）、《鹰巢》（1872）、《普洛塞庇娜》（1886）等等。他的著作被西方人称为"中国长城"，很少有人通读。在他去世之后，友人为他编辑了一套厚厚的"图书馆版"文集，共计39卷，于1912年编成。

罗斯金是英国维多利亚女王时代最为伟大的批评家，他对于艺术批评的基本观念是："艺术的根源在于艺术家的道德天性的深处，同时也在于产生这个艺术家的时代及国家的道德气质里。"⑦

罗斯金也是一位多才多艺的艺术家，具有绘画的天赋。他的绘画非常有特色，但他从不展出自己的绘画作品。据说，他曾经为汉普郡的弗朗西斯·芬特雷教堂设计过彩色玻璃窗画。

罗斯金是英国著名的散文家之一，他的散文具有"诗一般的音律，鲜艳的色彩……他的描写文字之最好

---

⑦ ⑧：这些引文均来自《英国文学史》（莫逊、勒凡脱著，柳无忌、曹鸿昭译，商务印书馆1937年4月初版）的中译本第14章。

的，如《威尼斯的石头》里对于圣马克礼拜堂的赞颂，《当代画家》里对于霞弗毫生大瀑布的赞颂，及《过去的时代》里对于日内瓦龙耐河的赞颂，都是英文中华丽散文的绝妙选品。"⑧

罗斯金的艺术观点，曾经吸引过王尔德。他的思想，影响过乌托邦主义者和英国工党。在英国，很多街道、场所和大学都以他的名字命名。

除英国本土外，罗斯金在国外也有着深远的影响。俄国大作家托尔斯泰曾经说，罗斯金是"极少数懂得用心思想的人之一"。法国著名作家普鲁斯特非常喜爱罗斯金的散文，为此而特意学习英语，把罗斯金的作品译为法文。印度的宗教领袖甘地说，罗斯金是对他影响最大的人物。在中国，有人把罗斯金比作钱钟书。但是，除《金河王》及《芝麻与百合》等少数罗斯金散文之外，我们见不到其他罗斯金作品的中译本，这不能不说是一件遗憾的事情。

罗斯金画像

译后记

一

我亲爱的爸爸：

我爱你。我有了新东西。滑铁卢大桥——布丽奇特姑妈带给我的。约翰和姑妈帮着我把滑铁卢大桥竖立起来，可是桥墩没有放好，它被放颠倒了。他们没有给我带书，而是送给我一根鞭子……明天是安息日。星期二我要去克罗伊登。我要带着我的小船和轮船去克罗伊登。我要它们在池塘里起航，池塘在大桥下的小河附近。看到我的堂兄妹时，我会非常高兴的。当我看到姑妈从克罗伊登来时，我很高兴。我爱格雷太太，我爱格雷先生。我希望你回家，给你我的吻和我的爱。

约翰·罗斯金

你也许不会相信，这是《金河王》的作者平生写出的第一封信。这封信的邮戳上的时间，是1823年3月

15日，此时的罗斯金只有5岁。尽管年纪这么小，他已经学习了一年的阅读和写字，这封信就是他的学习成果。等到7岁时，他已经开始学着自己写书了。

所以说，无论用"早熟"还是"天才"这个词来形容罗斯金，似乎都不嫌过分。但从罗斯金的主要经历和著作来看，这样一位学者型的人物，似乎不应该与童话有什么关系。既然如此，他又怎么能创作出《金河王》呢？

你可以把这件事归之于偶然，而且在英国就可以找到类似的例子。比如说，牛津大学的数学教授刘易斯·卡罗尔，为了给小女孩讲故事，写出了《爱丽斯漫游奇境》；为了让儿子有故事可读，肯尼斯·格雷厄姆写出了《杨柳风》，为了回答女儿的"十万个为什么"，吉卜林写出了《原来如此的故事》。

《金河王》书影，美国波士顿吉恩出版公司1885年版。

二

偶然的背后，自然也存在着必然性。

罗斯金的父亲比较富有，爱好艺术和旅行，罗斯金在小时候就经常与家人去欧洲各国游历，对艺术和大自然产生了浓厚的兴趣。与父亲不同的是，他特别喜爱阿尔卑斯山的森林、积雪和冰川，始终对它们怀着敬畏的心情。1835年4月，罗斯金患胸膜炎之后，父母再次带他去瑞士、意大利、德国、奥地利等地旅行。为了这次旅行，他制造了一台天空蓝度测定仪，用以测定阿尔卑斯山的天空颜色和莱茵河的颜色。在旅行中，他画了很多素描画，还在原野上研究地质学，阿尔卑斯山的暴风雨、日落和月光，都给他留下了深刻印象。1840年，21岁的罗斯金，因学习过度等原因而变得精神抑郁，需要进行休养。1840年9月，他和家人离开寒冷潮湿的英格兰，从法国的奥弗涅山来到隆河谷，绕过里维埃拉，来到意大利的比萨、佛罗伦萨和罗马。在罗马住了不到一个月之后，他开始发烧，病好后继续南去，在那不勒斯附近过了几个月，最后来到他钟爱的阿尔卑斯山，在大山的治疗下，病情有所好转。

1841年8月，罗斯金回到英国，却又受到肺病的威胁。1841年9月，罗斯金的父母在苏格兰的老朋友乔治·格雷，带着他的女儿埃菲·格雷，去罗斯金家做客。埃菲只有12岁，美丽而又活泼。为了使这位全神贯注地研究艺术和地质学的年轻学者不再精神抑郁，埃菲希望罗斯金暂时抛开学术研究，为她写一篇童话。

罗斯金欣然接受了埃菲的建议或者说挑战，仅仅写了两次，便写成了这部《金河王》，将《格林童话》的奇异与狄更斯式的博爱融为一体，但其中最具罗斯金特色的，是对于阿尔卑斯山脉的风景所做的描写，这些充满诗情画意的美妙段落，足以说明罗斯金的艺术家般的观察力和对于大山的深情。

尽管《金河王》的创作采用了现成的民间故事的框架，书中的风趣幽默的西南风先生，却是罗斯金的原创。法国作家保罗·缪塞（1804～1880）写过一本《风先生和雨太太》，但那本书的初版时间是1864年，远在《金河王》的写作和出版时间之后（但据缪塞的说法，风先生和雨太太的故事在法国流传已久）。而且，在我看来，缪塞笔下的风先生只不过是趋炎附势者的帮凶，既不可爱，又缺乏起码的道德，罗斯金创造的西南风先生却恩怨分明，极具正义感，可亲可敬。

此外，《金河王》中还有一个值得注意的地方，那就是生动逼真的细节描写。比如说，对于西南风先生的身高，他的帽子上的羽毛的长度，罗斯金都做出了精确的叙述，这会令读者产生逼真的印象，增加阅读的趣味。刘易斯·卡罗尔在《爱丽斯漫游奇境》中，便充分发挥了这个特点，利用数学家的头脑，对于爱丽斯在不同时刻的身高变化，给出精确的数据，使故事变得更加真实有趣。

《金河王》的内容虽然短，它的思想却十分宝贵，具有多重象征意义，非常值得回味和研究。有些外国学者认为，可以把《金河王》看作寓言，因为它试图告诉人们，仁慈和博爱可以改变世界。在他们看来，《金河王》中的"水"，同时象征着创造和毁灭的力量，而西南风先生和金河王，都是人格化的自然力量，彼此可以相互影响，并因人类行为的好或坏，对环境起到积极或消极的作用。金河王在熔炉中蒸发的场面，则是水的自然现象；在罗马尼亚的特兰西瓦尼亚高原上，有着吸血鬼德雷库拉通过蒸发现象消失的传说，与金河王的消失方法极其类似。因此，有个叫奥利弗·洛奇的编辑总结说："这个寓言共分为两部

分，上半部描写了因自私而失去的乐园，下半部描写
了因博爱而重获的乐园。"

格拉克和小孩儿（理查德·道尔绘）

三

总之，与许多伟大的文学作品一样，《金河王》也
是偶然性与必然性相结合的产物。当对于阿尔卑斯山
的热爱、被压迫阶级的同情，以及对于社会的思考，

被一个小女孩的挑战激发而出，罗斯金便在他的研究之路上暂停下来，采撷了三滴思想之露，摇进儿童文学的金河。罗斯金以前没有过这样的创作经历，以后也不曾有过，因为对他来说，《金河王》的创作，似乎是一个美丽的意外。

于是，这个叫埃菲的小女孩，为罗斯金的生活打开了新的一章。1848年，罗斯金与埃菲结婚。结婚之后，埃菲把《金河王》的手稿送给了她的一个朋友。1849年，即《金河王》写成的九年之后，经过罗斯金的允许，埃菲的朋友把《金河王》交给出版社。1851年，《金河王》在伦敦正式出版。《金河王》刚刚面世就大受欢迎，在出版的第一年，印行了三种版本，不久又传入德国、意大利和威尔士。从此，无数的孩子都应该感谢那个当初对罗斯金发起挑战的小女孩，因为正是在她的激发下，罗斯金才写出西南风先生和金河王的故事。

可惜的是，现实总是不如童话美妙。罗斯金与埃菲的婚姻，并不能说是幸福的。不管谁是谁非，反正这场婚姻在1854年便已告终。在47岁时，罗斯金爱上了一个叫罗斯·拉·塔奇的18岁女孩，最后却遭到拒绝。1875年，罗斯病故。此后，罗斯金终生未婚，并因罗斯之死和其他缘故而爆发过几次精神病。

1885年，在清醒的间歇，罗斯金继续撰写自传，回忆早年的生活。此时，他编辑了童年时喜欢的童谣《威金斯夫人和她的七只好猫》，借以自娱自乐，又请英国女插图画家凯特·格林纳威为它补画了四张插图，在当年予以出版——这是他第二次，也是最后一次与儿童文学结缘。1900年1月20日，罗斯金因病去世。

施瓦茨登山（理查德·道尔绘）

四

为了最大限度地激发读者的想象力，凡是出色的童书作品，都应该配上出色的插图。

自《金河王》问世以来，画家们为它创作过各式各样的美妙插图，但在提到这些画家时，首先必须提到的是《金河王》的1851年初版本的插图绘制者，维多利亚女王时代的著名插图画家理查德·道尔，因为他的《金河王》插图具有深远的影响，以至于很多画家为该书绘制的插图，都模仿了他的构图和表现手法。

理查德·道尔（1824～1883）的名字，也许会使你联想到《福尔摩斯探案集》的作者柯南·道尔（1859～1930）；实际上，这两个人确实有联系，因为理查德·道尔是柯南·道尔的亲叔叔。英国有一个政治漫画家，叫作约翰·道尔，他的三个儿子，后来全都成了画家，他们的名字是詹姆斯、查尔斯、理查德，而查尔斯

理查德·道尔肖像

（1832～1893）就是柯南·道尔的父亲。

理查德·道尔经常为英国著名的幽默杂志《笨拙》创作插图，还曾与他人合作，为狄更斯的三篇圣诞故事《古教堂的钟声》（1844）、《炉边蟋蟀》（1845）、《人生的战斗》（1846）绘制插图。1846年，理查德·道尔为《仙女的指环》配图，这是他首次为童书创作插图。他的其余童书插图作品有《杰克和巨人的故事》（1850）、《在仙境》（1870）等等。

从理查德·道尔为《金河王》创作的插图来看，他的插图线条细腻，具有古朴的装饰意趣，他创作的《金河王》的扉页图，就体现了这个特点。他为《金河王》第一章创作的那个戴着高帽子，在风雨中敲门的西南风先生，忠实地传达出作者的原意，人物动作夸张有趣，构图细密精美，能够给读者留下深刻印象。

他为《金河王》第二章创作的小插图也很有特色，用施瓦茨兄弟酩酊大醉的情景，与格拉克辛苦工作的场面加以鲜明对比，把人物的神情描绘得活灵活现，符合各自的性格特点。

西南风先生敲黑兄弟的家门

黑兄弟大醉和格拉克工作

他为《金河王》第三章创作的小插图中，小弟弟
被毒打和兄弟打斗的画面，都被描绘得颇有动感，章
尾的那个带有人脸的黑石头，则画得极具想象力。

汉斯和施瓦茨对打

黑石头

此外值得一提的是他的字母造型艺术。在为《金河王》设计书名时，他把每个字母都描绘成树枝的模样，使之充满神秘感和自然气息。

他为西南风先生设计的那张名片，把字母设计得仿佛随风飘逸的蜘蛛丝，既体现出字母的流畅之美，又暗示出西南风先生的身份，真是后人难以超越的设计。

西南风先生的名片

为了与书名的设计风格相适应，他在每章的题图中，把这一章的起首字母（或单词）In、S、T、P、W分别设计成不同造型的树枝，有时还让它们长出叶子来，这不能不说是独具匠心的设计。

众山

宝谷中的村舍

黑兄弟毒打格拉克

格拉克援救施瓦茨

格拉克登山

五

遗憾的是，理查德·道尔为《金河王》创作的插图仅有22幅，描绘的场景也不够全面。有些重要内容，比如说，黑兄弟是怎样把穷人拒之门外、黑兄弟被西南风先生打倒之后的模样、格拉克的金杯是什么样子、格拉克是怎样得到露水的，等等，在理查德·道尔的插图中，都没有体现出来。

所以，最终我们还是决定在正文中采用弗朗西丝·布伦戴奇于1926年为《金河王》创作的37幅插图，因为它们描绘得更加全面，人物表情也刻画得极其生动。

弗朗西丝·布伦戴奇（1854～1937）是美国著名的童书插图家，她的插图作品，线条洗练，技法纯熟，构图简洁，意蕴深远。尤为难得的是，她笔下的儿童形象全都天真可爱，呼之欲出。

1854年6月28日，弗朗西丝生于美国新泽西州的纽华克城，父亲是画家、建筑师和木刻师。她从小跟着父亲学画，为日后谋生并走上绘画之路打下基础，因为父亲在她17岁时便离家不归。

1886年，32岁的弗朗西丝，与画家威廉·泰松·布伦戴奇结婚，婚后住在华盛顿，后来搬到纽约的布鲁克林。这时，她开始为英国的拉斐尔·塔克父子出版公司绘制童书插图，专门为纯朴的维多利亚女王时代的童书绘制插图，她当时创作的这些插图本，如今已经成为收藏者们竞相寻找的珍品。

1910年，她开始为纽约塞缪尔·加百利出版公司工作，后来又为俄亥俄州阿克伦城的萨尔菲尔德出版公司工作，为它们绘制了大量童书插图，但她也为其他出版公司创作童书插图。

她与丈夫仅有一女，名为玛丽·弗朗西丝·布伦戴奇，却在1891年死去，去世时仅仅17个月大。失去唯一的孩子之后，她把母爱扩展到更多的儿童那里，成为她的时代里最为多产的童书插图艺术家，即便在晚年也不放弃插图创作，这可以说明，她既精通绘画，也热爱儿童与艺术。

在60多年的绘画生涯里，她总共为200本童书创作过插图，包括《哥伦布的故事》（1892）、《你是谁的小狗》（1913）、《小鸡的故事》（1914）、《三只小猪》（1921）、《金银岛》（1924）、《孩子的诗园》（1924）、《格林童话》（1924）、《瑞士的鲁宾孙一家》（1924）、《安徒生童话》（1925）等作品。

除童书插图外，她还创作过大量明信片、情人卡、贺卡、日历画等等，其中的很多作品如今已经成为热门收藏品。我在一家美国网站看到，她创作的明信片、贺卡等等，单单一张就可以卖到几十甚至几千美元。她创作的多数贺卡和明信片都没有署名，她的童书插图却不然。比如说，她画的《金河王》插图中，多半带有由B和F构成的签名——B代表"布伦戴奇"（Brundage），F则代表"弗朗西丝"（Frances）。

1923年，她的丈夫去世。1937年3月28日，她以82岁的高龄去世，距她的83岁生日，恰好有三个月。

弗朗西丝·布伦戴奇的肖像和她创作的贺卡。

六

《威金斯夫人和她的七只好猫》中的插图，完全选自罗斯金在1885年的编辑出版的作品，共有22张，其中的18张采自伦敦A.K.纽曼出版公司1823年出版的作品，画得夸张而有趣，但我无法查到这些插图的作者，因为书中并没有对此做出交代。

至于那4张后来补绘的插图，则出自英国著名童书作家和插图家凯特·格林纳威（1846～1901）之手。她擅长的插图风格，与《威金斯夫人和她的七只好猫》1823年版的插图风格不同，这使得她所补绘的插图，看起来不如原来的精妙。尽管如此，你却不能轻视这位画家，因为她在描绘儿童形象和服饰时，具有极高的艺术造诣。

凯特·格林纳威是维多利亚女王时代最受儿童喜爱的艺术家之一，画风优雅而又清新。她的处女作是

凯特·格林
纳威的肖像

童书插图

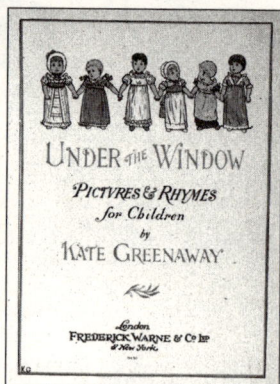

《窗下》封面

儿童诗集《窗下》（1879），曾经为《哈默林的花衣吹笛人》等书创作过插图。在十九世纪末期，除了沃尔特·克雷恩（1845～1915）和伦道夫·考尔狄科特（1846～1886）之外，在英国的童书插图领域，几乎无人能够与她匹敌。为了纪念她，英国图书馆协会在1955年为儿童图画书设立了凯特·格林纳威奖，这是英国儿童图画书的最高奖项。

七

十九世纪，英国的儿童文学创作迎来了一个黄金时代，陆续涌现出《金河王》（1851）、《玫瑰与指环》（1854）、《水孩子》（1863）、《爱丽斯漫游奇境》（1865）、《快乐王子集》（1888）等童话名著，从此进入儿童文学的成熟期。

在这些童话作品中，《金河王》的篇幅大概最短，但它可以看作英国首部由文人专门为孩子创作的童话，具有划时代的意义。在此之前，英国只有一些貌似童话的东西，比如《格列佛游记》。所以，在2009年1月，编辑朋友打算出版一套英国儿童文学的黄金时代的童书名著丛书时，我当即向他们推荐了三部书，即《金河王》、《玫瑰与指环》和《水孩子》。我的手头恰好有顾均正先生翻译的《玫瑰与指环》民国版复印件，《金河王》与《水孩子》，国内也早就有过多种译本——提出这三部书的名字之后，我以为就算尽到了责任。不久，编辑朋友问我有没有时间和兴趣翻译《金河王》与《水孩子》，这却让我感到有点犯难，因为按照计划，我很快就应该为另外一家出版部门翻译一部外国长篇畅销小说了。怎么办呢？等我拿到那部外国长篇小说的片段，读了开头，感觉此书的语言与我的文风并不适合，只好对那个出版部门的编辑说声抱歉，转而接手《金河王》与《水孩子》的翻译。

起初，我觉得《金河王》应该比较好译，因为它的篇幅非常短，全文也不过两万字，而我的准备工作又比较充分。

首先，我的手头有一本网友柯锐思馈赠的美国俄亥俄州阿克伦城的萨尔菲尔德出版公司1927年版的插图本《佛兰德斯的狗》，全书共包括《佛兰德斯的狗》、《纽伦堡火炉王》和《金河王》，书中的插图均为我前面提到的美国童书插图家弗朗西丝·布伦戴奇创作。

其次，我的手头还有两种可以参考的译文：一种收于某社出版的一册童话合集本，一种是张镜潭先生译注的《金河王》(正风英汉对照丛书之一,正风出版社"中华民国"三十七年七月初版)。其中,张镜潭译注的《金河王》是昔日的财经学校同学王继林几年前所赠,原购于哈尔滨师范大学附近的旧书摊(这也是我常去淘书的快乐之地,如今却不知缘故地惨遭取缔)。在网上查,《金河王》的译文,此外至少还有三种民国版,分别为谢颂羔译(开明书店)、丁同力译(世界书局)、陈东林译(中华书局)。1946年,儿童读物出版社还出版过严大椿的译文。可惜,这四种译文我都没有找到。

于是,在2009年1月26日,即正月初一那天,我开始正式翻译《金河王》。

在翻译过程中,我渐渐感觉到,罗斯金的文字比较难译。《金河王》的语言非常独特,有时朴实自然,有时则言辞绮丽。从内容来看,《金河王》显然是根据民间故事的套路创作的,但罗斯金使它有了很多民间故事都不具备的两大优点,即高妙的艺术性和思想性。也就是说,《金河王》既是充满浪漫想象力的童话故事,又是献给大自然的抒情诗,具有极高的思想价值和丰富的象征意义。总之,在翻译《金河王》时,应该尽量把握以上特点,不然就容易使译文显得过俗或过雅，有失作者的原意。

确定了这个翻译思路之后，那种收于童话合集本的《金河王》译文，已经基本失去了学习的价值，因为它的语言太"唯美"了。为了追求言词的漂亮，那个译者使用了很多华丽的词汇和成语，有时甚至不惜把原文抛开，写出一些我在原文中无论如何都查不到的词汇和句子。正是由于这个缘故，我不想说出那个译者的名字，因为我并没有资格批评人家的译文，何况我最后又从这种译文里面找到了三四处我应该学习的地方呢——这是很值得我感谢的。

张镜潭译注《金河王》，正风出版社中华民国三十七年七月初版

张镜潭的《金河王》译文，给我的帮助却很大，它忠实于原著，用词简洁典雅，没有什么过火之处。

即便如此，《金河王》的翻译过程还是比较艰苦，因为理解原文和斟酌译文都不是轻松的事情。

八

在《金河王》的译文草稿完成一半时，我开始觉得，假如单单翻译《金河王》，内容就会显得太单薄，因为它的字数太少了。为了把尽可能多的内容奉献给读者，我准备再译一点儿罗斯金的东西。然后，我开始寻找罗斯金的其他作品，意外地在英文网上找到了六七种《金河王》的英文单行本与合集本以及多种罗斯金散文集。

对各种版本的罗斯金著作进行查阅之后，我发现，英国在1885年出版过一本叫作《威金斯夫人和她的七只好猫》的书，它是一首带有精妙木刻插图的童谣，上图下文，类似于我们所说的"小人书"，其中的部分内容经过了罗斯金的补充。伦敦A.K.纽曼出版公司在1823年时就曾出版过此书，但那个版本中没有经过罗斯金的编辑和补充。有的《金河王》合集本中，也收入了《威金斯夫人和她的七只好猫》，甚至还收录了罗斯金的长篇散文《鹰巢》。

既然如此，我可以把《威金斯夫人和她的七只好猫》译出来，另外再译两篇罗斯金的散文，作为《金河王》的附录。

　　于是，在翻译《金河王》的同时，我开始翻译《威金斯夫人和她的七只好猫》。但《威金斯夫人和她的七只好猫》是一首童谣，在转化为中文之后，很难做到完全押韵；为了照顾中文的格式，我又被迫对原文的部分内容稍稍做了一点删改。结果，我译出的这首童谣仅仅是貌似诗歌的东西，只好请读者多加原谅了。

　　接下来，我又从罗斯金的一本植物学著作《普洛塞庇娜》中挑选了两篇谈根和花的文章。它们的内容比较丰富，除植物之外，文中还有不少与艺术、建筑学、语言学等等有关的内容；但考虑到这些内容比较深奥，普通读者对它们的兴趣恐怕不大，我在译文中把它们基本删去，只保留了大部分与植物有关的内容。

　　然后，我又根据中英文资料，编译了一篇《罗斯金小传》，终于在2月27日完成此书的全部编译工作，前后历时一月有余。

　　以上就是此书的前后翻译经过及心得。在翻译过程中，网友臧小林帮我解决了几处问题，我要在此对她表示感谢。此外，我还要感谢网友庾荷之的帮助，

以及默默支持我的其他网友和读者朋友们，希望此书
能够带给你们快乐。

《威金斯夫人和她的七只好猫》封面书影

二〇〇九年三月一日
肖毛于哈尔滨看云居